浪前总有
摆渡人

路 春　陈喜军　著

中国工人出版社

图书在版编目（CIP）数据

浪前总有摆渡人 / 路春，陈喜军著．—北京：中国工人出版社，2021.8
ISBN 978-7-5008-7719-6

Ⅰ．①浪… Ⅱ．①路… ②陈… Ⅲ．①长篇小说—中国—当代 Ⅳ．① I247.5

中国版本图书馆CIP数据核字（2021）第163458号

浪前总有摆渡人

出 版 人 王娇萍
责任编辑 姚 宁
责任印制 黄 丽
出版发行 中国工人出版社
地 址 北京市东城区鼓楼外大街45号 邮编：100120
网 址 http://www.wp-china.com
电 话 （010）62005043（总编室）
（010）62005039（印制管理中心）
（010）62379038（社科文艺分社）
发行热线 （010）82029051 62383056
经 销 各地书店
印 刷 天津中印联印务有限公司
开 本 880毫米×1230毫米 1/32
印 张 7
字 数 154千字
版 次 2021年9月第1版 2021年9月第1次印刷
定 价 40.00元

目录

第一章 1
第二章 8
第三章 15
第四章 25
第五章 31
第六章 39
第七章 48
第八章 62
第九章 67

第十章 _ 71

第十一章 _ 82

第十二章 _ 88

第十三章 _ 96

第十四章 _ 106

第十五章 _ 114

第十六章 _ 125

第十七章 _ 135

第十八章 _ 143

第十九章 _ 149
第二十章 _ 153
第二十一章 _ 161
第二十二章 _ 174
第二十三章 _ 186
第二十四章 _ 195
第二十五章 _ 204

第一章

平时，邵义德会平心静气地站在他家位于公寓12层的客厅落地窗前，透过瓦蓝的玻璃窗，眺望远处的中山公园，饶有兴趣地观赏绿树婆娑的环形甬道，极小的人影像动画一样，悠闲地走动。假如空气更透明一点，他还可以取出高倍望远镜，看到松浦河上的游船，甚至能辨认出每个人，或许会有与他打太极拳或扭秧歌的老伙伴，那一刻，邵义德会很开心，打着哈欠说："哈，我真是闲心不小！"

步入夕阳，才感到健康的重要。年轻时代，不顾及保健，如今邵义德被疾病纠缠，又有莫名的烦恼，没有了那份闲情逸致，他坐在沙发里喘着粗气，心情被莫名的愤怒所煎熬，脸上显出焦躁。

电话铃响了，若是平时，邵义德会迫不及待冲到茶几旁，摸起电话，拉长声调说，"喂——你是哪位啊？"如果是老部下或者"老练友"，他会眉飞色舞地攀谈一番，无非天气如何，身体怎样。退休了，不在其位，不谋其政，还会有什么话题？

但这次他猜出是女儿邵欣打来的电话，所以不肯接。

邵欣在市法院担任庭长，最近有一桩案子想让曾担任市政法委书记的老爸给予“平反”。邵义德想不通，人有了钱，就能买到一切？他气哼哼回拒了女儿的要求，把那根拐棍戳得地板“咚咚”响。

“我说过，他袁天易聚众赌博，还有小偷小摸行为，犯罪事实清楚，不能平反！”

“老爸，袁天易在北京把买卖做火了，想请他回家乡投资，就这么一个要求，咱能不答应他吗！”邵欣耐心地请求。

“罪犯都能平反？天下奇闻！”

邵义德愤愤不平。其实，生气是拿别人的错误惩罚自己，可是他眼前依旧一片混沌。他曾经签字批捕的罪犯，在狱中服刑过三年的袁天易，有了钱，要买一个清白！可想而知，他此刻心情该多么矛盾。

更让他来气的是女儿邵欣，搂着他的胳膊，哄着他说：“老爸，这可关系咱们市招商引资的大事！事关改革开放，我们法院也要一路绿灯哇！”

听了女儿那奇谈怪论，邵义德觉得头疼得快爆裂了。记得邵欣刚穿上法官制服时，回家偶尔发牢骚，说老百姓流传的“大盖帽，吃完原告吃被告”的现象确实存在，自己不能当“糊涂法官”，一定要秉公执法。邵欣的话，太刺激邵义德的耳膜了，他看女儿一眼，这哪里是女儿该说的话！

“老爸，您也得替文昌前途考虑呀！”邵欣看出邵义德陌生的眼神充满了愤懑，只得撒娇地说：“今年市财政收入要是能增加百分之十二，他就有调到省里工作的希望。您不是一直夸自己的姑爷有出息吗？他出息了，您老脸上也有光啊！”

邵义德如同泥胎毫无表情，手掌里一对钢球“切切”滚动，半晌无语。

女儿知道难以说动老爸，老爸认死理儿，不会“灵活”运用法律条文。父女之间形成的“代沟”，往往成了难以沟通的障碍。“代沟”只是思想观念不同，可爷儿俩观点有异，就造成彼此互不理解。邵义德不能理解现在的某些现象，如他曾经工作的红光机械厂，国字号大型兵工厂，说垮就垮了。

最让邵义德牵肠挂肚的是儿子邵杰，他成了红光机械厂终结期的一把手，一大堆烂摊子压得他喘不过气。原来的红光机械厂代号为“2530”厂，通讯代号为010信箱，明眼人一看就知道是保密厂。这家号称“小三线”的军工企业没有几年好日子，改革开放后命运多舛。几年前，上万名职工下岗，大量人员买断工龄，成为自由职业者。经过改制后有三千人上班，其他人无法安排就业。搞什么项目？出路在哪里？邵杰没有好办法，整天处于焦虑中。邵杰的脸上很少露出笑容，他也很少有时间去看望老父亲。现在，上班的三千名员工有了出路，工资有保证，偶尔还有超产奖；多余的人员除了退休、买断工龄外，还有几千人等待上岗，加上苦于就业没门路的人，上访告状事件屡屡出现，给市里出了不少难题。

徐文昌面对冷酷的现实，急于想摆脱困境。他知道，松浦市很多人家靠这家企业讨生活，也留下很多逸事传说，但如何救活企业，他几经踌躇，无计可施，心里颇为焦虑。

当市长的徐文昌面临的难题，主要是如何提振地方工业和市政建设。两难相比取其轻，他决定以市政工程拉动工业结构改革，带动就业。得知袁天易在北京开公司赚大钱了，便想请他回老家投资兴办实业。袁天易在电话里告诉徐文昌说，北京这儿赚钱容易，他搞房地产发了财，在雄安新区购买了大片土地，计划开发生态园住宅区，没有回松浦市投资办实业的计划。在亲自去北京请他回老家开办企业的副市长曲孝忠的一再撮合下，袁天易改变主意，提出条件说，假如市里答应他两个条件，可以考虑回乡办厂。曲孝忠问他哪两个条件？袁天易愤愤地说，他因为打麻将被判三年刑，不公正，市里应当给予平反，他还准备了一份申诉材料交给曲孝忠；再就是要求把红光机械厂转让给桂普公司，改为民营企业。至于是怎样一种兼并形式，袁天易没有拿出方案。

曲孝忠满口答应了，哪知道在邵义德这里遇到了障碍。邵义德虽然退休了，但经他批的案子，必须走一个程序，他不承认错判便无法平反，两边僵持了下来；再说，红光厂总不能白白拱手让给他呀！邵义德认为袁天易是一个不可靠的人。

邵义德已 80 多岁了，一直受肺癌晚期的折磨，尽管化疗效果很好，毕竟是风烛残年的人，憔悴得身子骨就像要散架子了，一阵大风就会把他吹倒。邵义德很少下楼，能从落地窗观看街头景象就是他的奢望了。幸亏有小保姆秋秋精心照顾，陪他说话聊天，讲乡下的事儿，让他竟不觉寂寞。有时，秋秋推他坐轮椅下楼散心，看看街景，让他感受生命的珍贵。

他自知自己时日不长了，倔强的脾气没有改，依旧按照原则处理事情，市里的人对他既敬又惧，纷纷远离了他。他对秋秋唠叨说，哪能只有认准经济，不坚持原则的道理？从乡下来当保姆的她，只好应付说，爷爷的话有道理！

女儿走后不久，女婿又来了。

当了四年松浦市的市长，徐文昌今年 49 岁，正值壮年，性格坚韧不拔，很想干成一番事业。他平时很忙，除了年节很少来岳父家。他总说忙，其实邵义德知道他酒场应酬多于处理公务。邵义德开导他说：“文昌呀，市长可是父母官，要多替百姓着想。市里上访告状的那么多，咋不从根本上解决问题呢？听说，红光厂因公伤残的职工医疗费三年没有交了，市里拨给的过年钱也让公司占用了，你怎么不管呢？”徐文昌尴尬地笑笑。邵杰是松浦电气有限公司老总，也是红光厂负责人，他是徐文昌的大舅哥，邵义德是他亲爹，凭这两点徐文昌就没法管。邵义德仍旧不知趣儿，唠唠叨叨说起来没完没了，指责在徐文昌领导下，市里样样工作糟透了，主干街道楼房建得里出外进，道路修得一年就破损，明显偷工减料。“这些人良心都放在哪儿啦！”邵义德根本不顾忌女婿铁青的脸色，吼声极响，吓得小保姆秋秋躲进了房间里。

“爸，你看，袁天易准备回咱们市里投资，还要向希望工程捐一笔钱，是不是把他过去的事儿摆平了？”徐文昌不急不火地说。

“那是好事哦！”邵义德的脸色阴沉许多。他对袁天易没有什么好印象，袁天易也是红光厂老职工，企业停产，他琢磨发财门路走了歪路，松浦市最轰动的赌博案就是他制造的。他在市郊阎家岗设立赌场，每天的赌资都有几万元。市公安局当时为破获这桩大案，颇费周折。现在，他又以实业家的身份回家乡投资，显然没安好心！“文昌，我看还是让他找招商局办这事儿，你是市长，干点大事儿！”他嘱咐说。

“他的资产一个多亿，引进来能解决几千人就业，财政收入也会增加，这不算大事吗？”徐文昌进一步说，“您老一直抱怨说，市里现在失业人口骤增，有的家庭依旧生活没有改善。袁天易来了，他能让地方经济这盘棋走活了！那不是正经事吗？”

“私营企业老板，要的是经济效益，不是社会效益，你别抱太大的幻想。”邵义德向他泼冷水。

徐文昌发觉，老岳父的观念与他始终相悖。除了国企，其他性质的企业不也同样纳税，也同样能安置社会闲置人口吗？岳父受计划经济那一套熏染太深，总用有色眼镜看当今的新鲜事物。徐文昌见难以说通他，只得告辞了。

过一会儿，家里的电话又响了，但任凭电话铃声响，邵义德依旧不动声色，直到电话再次挂断，客厅里归于沉寂。邵义德知道应该是儿子也来当说客，故意不理睬。

此刻，邵义德把头仰在沙发后靠，望见墙上挂着的一幅字画，那是市里著名的书法家艾思纲的墨迹，写的是毛泽东的《沁园春·雪》，颇有毛体的韵味。

或许是近日市里有些决定令他困惑，或许是因为女儿与女婿的举动有点反常，令他对女婿有几分担心。一是市里决定建一座16层的综合办公楼，列入形象工程。可市财政状况他十分清楚，连工资都难解决，哪有大笔资金建设形象工程？二是计划要打通外环路，这又是一笔不小的开销。邵义德认为，松浦市并不处在交通要道上，每天经过市里的车辆并不多，干什么急着开发外环路？可不可以把资金用在乡镇学校建设上？他真不知道，市里当权者脑瓜里都在想啥！三是请袁天易返乡投资这事儿，也显得很没身价。据说，市工商联要请他担任会长，但现任会长钟凤鸣倚仗自己财大气粗，不肯让贤，这件事儿就搁浅了。最让他揪心的，还是红光厂的未来。邵义德年轻时在这家军工企业当过工人，后来提升为干部，之后进入了市领导班子。红光厂曾经是共和国的骄傲，从解放战争开始，便生产出大量军事装备，支援全国解放和国防建设。这里也是敌特重点关注部门，公安机关曾经破获了两起针对红光厂的间谍案。这家军工厂经过扩建，厂区已颇有规模。当初，很多年轻人就因为是红光厂的职工才找上漂亮媳妇。几十年过去，这家巨型军工企业步履蹒跚，越来越艰难，如今面临倒闭窘境。在邵杰、齐平等人的努力下，通过体制改革，从厂中脱胎出一个松浦电气有限公司，安排了部分人员，可还远远不够，还有巨大的包袱甩不掉！

邵义德一想到这些便满脸痛苦。秋秋以为老人又犯病了，仔细地观察他，关心地说："邵爷爷，你哪儿不舒服啊？"

"我心堵得慌！"邵义德的长寿眉毛抖动着。

秋秋听闻马上取出速效救心丸。邵义德苦笑着推开她的手："秋秋，你就别费心啦，我没事儿！"

"勤勤早就发话了，您老有个好歹，拿我算账！"秋秋表情复杂地说。

"唉，她还是一个孩子……"说到这里，邵义德不再言语。眼前的秋秋 19 岁就出来当小保姆，而勤勤正在医大读书，依旧不谙世事，整天泡网吧。两个孩子差距怎么这么大呢！

第二章

两天后，有一辆本田轿车从林荫道驰来，邵义德知道徐文昌又来了。平时盼望着他来也见不到人，这几天却又经常来。邵义德明白他的意图，便仰卧在长沙发上，吩咐秋秋："我该休息了，不要让人打扰我。"

梦想成真往往让人变得忘乎所以。徐文昌有这种感觉。担任松浦市市长后，他始终有飘飘欲仙的感觉。以前他这个小干部见到市长都是仰视，而现在他接受着众人热辣辣的目光，那尊敬、巴结、奉迎混杂的表情，常常提醒他，要时刻自省。

头脑一直保持清醒的徐文昌，面对现实却怎么也高兴不起来。走马上任后，很多老友、老同事，还有各局办的头头，找出千百个借口想要宴请他，都被他坚决推辞了。并不是他不肯领情，只是他知道脚不正，终究鞋要歪，自己绝不能自我放纵。

他更清楚，松浦市经济现状不容乐观，大部分企业停产，市财政连机关干部的基本工资都不能保证，市政设施仍然停留在20世纪60年代初的状态，群众怨气很大，上访告状成风。他这个市长坐在风口，这些矛盾如果处理不当，有朝一日，他的仕途也会化为灰烬。

偏偏这时候邵杰找他汇报工作，给他带来一份《松浦电气有限公司发展规划》，徐文昌看了这份材料，倒吸一口凉气——若按照这个规划，重新装备这家企业，前景简直一片光明。可现实却很冷酷，这是烧钱的规划，上哪儿弄钱？徐文昌说：“股份公司自主经营，市政府无权干预未来的发展方向。发展规划很好，可是钱从哪儿来？项目能否落实？这些都是未知数，我建议你不要冒这个险。”

邵杰冷静地说：“我们希望能获得市政府的支持，将公司建成大型机加基地，这样既符合国家创建装备强国政策，也把老红光厂这步棋走活了！”

徐文昌对这位大舅哥的建议不感兴趣，企业庞大的改造计划只是天边的彩云，他感兴趣的是眼前利益。只是，他不好驳了邵杰的面子，也无法打消他的热忱，只得说，“你把材料留下吧，等我把材料报市委扩大会上，有了消息再通知你们。”

“好，我等着市委的答复。”邵杰认真地说。

邵杰走后，徐文昌依旧在屋里踱步，他的思绪难以平静——必须把经济搞上去！他产生了一种责任感，计划把在外地成功的实业家、科技界专家请回来，利用他们的财力与智力，把松浦市各项事业搞上去。

请袁天易回乡投资创业，是他重要的一步棋。尽管市里有人持有异议，认为袁天易并不是一个有良知的企业家，请他回松浦市创业如同引狼入室。但徐文昌仍然坚持他的主张。狼来了有什么不好？改革开放后，我们从资本主义社会也学到不少好东西嘛！再说，不经过合作，怎么会知道他是不是“狼”呢？

目前合作的关键是要撤销袁天易曾劳教三年的旧案。尽管对一个实业家来讲，那只是一段不堪回首的往事，可袁天易总耿耿于怀，认为这是一件奇耻大辱。他在答复徐文昌回老家创业的邀请时明确说，我是一个商人，诚信十分重要。假如被人知道我曾有过这样的历史，谁还会信任我？谁还与我做生意呢？

徐文昌不晓得袁天易为啥那么看重自己的“清白”，既然在历史上曾经留过墨迹，那么怎样漂洗都无济于事。他觉得，如果满足他这种虚荣心极强的人一个虚假的愿望，便能让他为全市经济注入活力，并无碍大局。

邵义德一直极力反对徐文昌这个决定。他虽养老在家，但对市里的每一个动态颇为敏感。徐文昌对此颇有怨言，但因为是老岳父，且自己的发迹也仰仗了老人家的关系，便也只有“忍气吞声”的份儿。

在这件事上，徐文昌不能再让步了，搞活全市经济，是重过一切的大事儿。有了一个袁天易，便会有更多的海外、国内的实业家回乡投资。

他进了屋，秋秋向他使眼色，说：“爷爷休息哩！”

“睡了多半天了？”徐文昌往卧室里张望。

秋秋十分为难，腼腆地笑了笑。徐文昌是市长，她怎好说谎话？她端来一杯茶，说：“徐市长，请喝茶。”

徐文昌只得耐心等待了。

这时，他的手机响了，是副市长曲孝忠打来的。曲孝忠在电话里告诉他，红光厂有一批工伤职工来上访，堵住了市政府的大门，致使人员、车辆无法通行，影响很大。他们要求与徐文昌见面。

徐文昌感到一阵反胃，对这道难题，他们当领导的都是无法回避的。曲孝忠把难题推给徐文昌，看似尊重他，实则是在看他热闹。徐文昌喊道："你不是主管工业的副市长吗？你对群众上访，做好接待、解释工作，还需要我出面处理？"

曲孝忠放低声调说："徐市长，我已经与职工代表交谈过了，明确表示，市政府一定会解决红光厂因公伤残人员具体困难，可他们不相信，要求与你对话……"

徐文昌心中暗骂一声老狐狸，嘴边却很激昂地说："曲市长，我没记错的话，市委早就做出决议，全市下岗职工全部买断了，企业因公伤残者办理提前退休，他们的医疗补助费也在安排中。至于他们子女就业问题，你可以对他们讲，企业不久将与袁天易的桂普公司开展合作，重组新企业，投入生产。"

让他挠头的是，红光机械厂原来为国家大型军工企业，从省管下放市里后，没有定型产品，一直处于停产状态。前几年，厂里分流出去一部分职工，又买断工龄和办理提前退休一部分，无奈企业还有上万职工，积重难返。后来，厂里以机加车间为骨干，改制建立松浦电气有限公司，邵杰任总经理，安排一群职工靠国家招牌吃饭。有的职工对安排的工作不满意，还到处上访告状。国有大型企业改造难度太大了，徐文昌苦于无计可施。

他今天这么答复曲孝忠，只是权宜之计，但徐文昌相信袁天易会采纳他的建议，若能成功把红光厂兼并在桂普公司麾下，也算是救活了这家"姥姥不疼、舅舅不爱"的企业。

一声威严的咳嗽声从身后传来，徐文昌忙站起身。邵义德坐在沙发上，眼里冒出逼人的亮光，说："文昌，你这样做不仅坑了松浦市，还会断送红光厂。袁天易有邵杰那样的能耐吗？再者，他对机加行业也一窍不通!”

“爸，您想啊，红光厂还有五千多名职工放长假，只有邵杰的松浦电气正常生产。放假的职工要生活，能不闹事吗？把企业出让给袁天易经营，也正是为了救活企业，让职工有饭吃!”

“又是那个袁天易!”邵义德烦得不行，他无法改变对袁天易的印象，而徐文昌把袁天易当成松浦市的救命菩萨更让他心烦。他说：“我早说过，赌徒出身的人，不会有善良的心！你想让他到这里投资？哼，他只会想多占便宜!”

“那您老看走眼啦!”徐文昌从公文包里取出一份杂志，翻到公众人物专栏，指着带有题图照片的文章说：“袁天易这两年没少向灾区捐款。您看，他为了救助两个贫困大学生，竟然卖掉了一辆本田轿车！他回来投资、搞开发、建工厂，到头来缴的税还不是落在市财政吗？”

邵义德鼓着眼睛，叹了口气。他无法与徐文昌辩论是非，况且当今很多事情他看不惯，可他也知道人老了就不要轻易表态，要让年轻人处理世间的一切。

看着邵义德复杂的表情，徐文昌有着说不出的感慨，踱到邵义德身边，琢磨着需要用什么样的语言打动他。

“爸，看在欣欣的面上，您老就违心地签个字吧！其实，那已是十几年前的事了，说是解除劳教，不如说是给他一个面子。松浦市熟人多，他回来直不起腰!”

邵义德盯着徐文昌，混浊的眼里蒙上悲戚之情。他打心底渴望土地繁荣、百姓安居乐业，这也是历代官吏共同的梦想。虽然他从领导岗位退下来，但女婿走上了市政府主要的岗位，也给他脸上贴了金。

邵义德品咂出“三十年前看父敬子，三十年后看子敬父”的民谣内涵，很悲哀地想，人啊，真是太世故了。

现在，袁天易在京城打拼多年，有了钱，也会买虚荣。邵义德很觉无奈，他说：“文昌，我已经退休，不闻窗外事了，干吗为袁天易的事一再找我？”

徐文昌避开老人视线，有点心虚地说：“爸，这是尊重您老的一种表现。您想啊，老政法委书记、老院长给出具的签字来解除劳改，说明我重视袁天易，也表明咱们市欢迎他回家乡投资的态度。再说，因为赌博判刑本就太重了，他的申诉材料也报上来了。撤销原判，无非是给他一个宽心丸，给他一个面子！”

对这番话，邵义德始终捉摸不透，很是闹心，为松浦市发展繁荣，他宁可献出生命，还有什么可顾虑的？但徐文昌为此注入极大的热情，不能不让邵义德有所怀疑。他说：“我看此事不像你说的那么简单！袁天易不是一般的赌徒，他想洗清罪责，并不只是为了一个清白。”

“爸，现在已经没有因为打麻将给判刑的，您就别顾忌啦！袁天易早就承诺，不仅要救活市里一些企业，还要搞房地产开发，向市政基础设施投资……”徐文昌说，“到那时，市里要搞几个亮点工程，包括一个商服大厦，一处步行商业街，还有几家中外合资企业，这样我这届市政府也算对老百姓有了个交代。”

女婿对一个自己信不过的人期望这么高，邵义德觉得悲哀。他对徐文昌说：“你的亮点工程就是你的政绩，也成了你往上爬的资本，这一点我很明白。至于说为了百姓着想，我看你也没那种境界。我要你一句实话，他袁天易为什么那样看重在咱们这儿的名声？”

徐文昌殷勤地替邵义德的膝头盖上毛毯，把一杯热茶搁在邵义德旁的茶几上，脸上带着谦卑说：“爸，您老不也希望我把事情办得更好吗？我是土生土长的松浦市人，爱这里的一山一水，我当然要想尽办法把松浦的各项事业搞好。”

“所以你必须请袁天易回来投资？”邵义德生气地责问。

“那只是一种方式。引进来技术与资金，借他山之石铺我们发展之路，这是松浦市政府当前主要的工作思路。”徐文昌话锋一转，开始打同情牌，“爸，您老想一想，现在有多少下岗职工在贫困里挣扎！有一位年青的母亲抱着 4 岁的孩子上访，她对我说，她离婚的原因就是丈夫没有能力抚养她们母子俩。听后我心都快要碎了，我这个市长失职啊！引进袁天易的投资，实质是树一面旗帜，好让更多的外地人来松浦市创业置业，进而搞好大型国有企业转型升级，带动全市经济上质量、上台阶。爸，您老得理解我……”

“我理解！”邵义德没有心情听他的慷慨陈词，打断了他。尽管徐文昌言语动情，但他这几年在市里的工作上并没有什么起色。邵义德抚着额头，有点疲惫地说：“但愿你的雄心壮志能够贯穿始终，三分钟热度可是你的老毛病啦。”

“那会儿我不过是分管文教的副市长，进市委班子后，也只当了一个没甚作为的主管政法的副书记。现在不同了！爸，我知道自己的担子有多重。”徐文昌最后跪在邵义德面前，郑重地说：“爸，我求您老人家，有千个理由，万个理由。我和欣欣，还有您外孙女儿勤勤，都在求您啦！”邵义德叹息一声，他的心究竟软了下来。

第三章

市委终于做出决定，派徐市长率队前往北京与袁天易进行合作磋商，并口头告诉了袁天易，过去对他劳教三年的判决是无效的，经市政法委牵头，市中院和市公安局联合复核后，决定予以撤销，近日可形成红字头文件，传达给袁天易。

徐文昌心里也打着小算盘，政府机关行文速度其实很快，为什么却说需要一定的时日呢？显然是为了吊袁天易的胃口，敦促他尽早返乡投资。再就是当袁天易返乡投资取得成果后，市政法委再正式行文，可以给他一个惊喜，让他的资金死心塌地在松浦市“安家落户”。

徐文昌对袁天易并没有好印象。那还是改革开放初期，当采购员的袁天易就看中了邵欣，两个人渐渐互相有了好感，但最终并未走到一起。

当时，任红光厂团委书记的徐文昌也暗恋邵欣。在厂办当秘书的邵欣，娃娃脸上洋溢着青春活力，眸光纯净无邪，她习惯在润密的长发上别一枚蝴蝶结，蓝色的蝴蝶结飘飘欲飞，拨动了徐文昌的心。他深深地爱着邵欣，几乎到了如痴如狂的地步，他舍不得看到邵欣眼里蒙上忧伤，在邵欣委屈流泪的时候会加倍安慰她，无怨无悔地把自己的快乐放进她的心里，让她永远感受到生活的甜蜜。徐文昌组织文娱活动时喜欢静静地眯着眼睛，注视着邵欣。邵欣那高挑的个头、长长的胳膊与漂亮的马尾辫，在舞会中犹如一只活泼的小燕子，穿梭在欢乐的人群中。最刺激徐文昌的是袁天易，他如一只苍蝇，始终围绕着邵欣，与她跳起舞来没完没了。

袁天易在供应科当采购员，有便利条件，他经常从外地购回厂子需要的配件和备品，一般情况下都有“回扣”，这对每月仅有几十元工资的人来说，是一笔不小的外快。所以，袁天易经常赠给邵欣一些小礼物，打动了她的心，两个人便偷偷谈起恋爱。

邵义德一直强烈反对这门婚事，他瞧不起袁天易这种没甚作为、一味想占国家便宜的人。这种人充其量只会成为一个商人，而商人是没有政治前途的。邵义德对在思想上要求进步的人格外青睐。徐文昌在市委党校学习期间，他那打着“优”的试卷给邵义德留下很深的印象。邵义德像发现了新大陆，从市委党校追到红光厂，时任红光厂党委书记的钟宏业设宴招待了邵义德，并试图想让儿子钟凤鸣当邵院长的乘龙快婿。虽然钟凤鸣比邵欣小两岁，但钟宏业不在意这种陈规陋习，他更注重家风，认为这很重要。

不料，心直口快的邵义德大谈徐文昌，对这位年轻气盛的团委书记颇有好感，推杯换盏间，邵义德还透露，他马上到市委工作，到任前只有一个心愿，便是把女儿邵欣的婚事安排妥当。

钟宏业酒喝得实在苦涩，他知道邵欣被袁天易纠缠住，一时难断情丝，假如儿子也踏足其中，说不定会闹出什么事儿，最后只能放弃。而邵欣思前想后，在父亲的撺掇下，终于与袁天易分手了，和徐文昌确定了恋爱关系。

徐文昌与邵欣结婚后，一路步步高升——他担任红光厂党委副书记后，又调到工信局。当他担任了市经委主任后，发觉距离市长的位置并不遥远了。

幸运的是他在担任副市长时主管文教卫生，那时国营工业如溃败的残兵游勇，每个主抓工交的副市长都无政绩可炫耀，结局大半退到政协或人大谋一个闲职。只有徐文昌这个从工厂走出来的佼佼者，精神焕发地走上了市长的位置，而且他预感到，还有好事在向他招手。

去见袁天易，徐文昌颇有些踌躇。若去见他，总会勾起自己对往事的回忆，难免有些难堪；不去，又显得没有诚意，难以打消他的顾虑。请他回松浦市投资创业，也是不得已而为之。地方"国"字号企业举步维艰，需要注入资金、更新设备，才能提高科技含量，增强市场竞争力。更重要的是想通过会面，增加彼此的信任度。

回到家，邵欣已经把徐文昌出差用的衬衣、两盒烟等东西预备妥当，至于洗漱用品宾馆里有，不必预备。经常出差，徐文昌睡眠不好，要带艾司唑仑，邵欣也没忘将药盒搁进他的公文包里。

"为什么非得你去呢？"邵欣面露疑虑，脸颊有些苍白。

"我不去，谁肯去？"徐文昌大有舍生取义的气概，"有的人树叶掉下来怕砸脑瓜，既想吃葡萄又怕酸。我总该要迎着枪口走下去，况且又都是老熟人……"

邵欣有些难以启齿，觉得自己从良心上对不住袁天易。但现在她站在丈夫的角度去考虑问题——松浦市发展前景好了，她丈夫荣升机会就大了，不觉间又盼望袁天易“君子不计小人过”，能够回到松浦市投资建工厂，最好投资把红光厂机加设备重新改造了。

世上总会有奇迹。袁天易败走松浦，如果贫病交迫下去也就罢了，谁知几年间他在北京发了迹，这实在令人没有想到。有一天，夫妻闲聊，徐文昌说，假如袁天易向你求婚，而你仍然独身，会不会答应他？

“我不是已经成家了吗！”邵欣避而不答。

徐文昌逼问道：“邵欣，你给我一个底，你真会嫁给他吗？”

“真是无聊！我为你的问话感到恶心！”邵欣烦了。

“算了，换个话题。”徐文昌很细心地打着领带。穿衣镜里的他仍然英气勃发，昔日的稚气被岁月淘尽了，他显得沉稳豁达，很有政府官员的派头。

几年间，岁月在不知不觉间重塑了邵欣。她不缺高档的化妆品，可是面颊渐渐褪去少女的纯真，也缺乏女性的妩媚了。也许是职业的关系，她脸上很少带笑，满脸的阶级斗争模样，致使她的眉头始终凝结着，让人望而却步。徐文昌经常感叹，职务造就了人格。假若他仕途不能一帆风顺，也是下岗赋闲的人，也许会整天泡在街头，在人堆里下棋观阵，或者去打工卖苦力。回首往事，人生关键几步他走得很得意，这次，他只要请回袁天易，也许又会在事业上更进一步。因此他把拯救松浦市糟糕的经济局面的希望寄托在袁天易身上了。

邵欣还为徐文昌刚才的话内心不爽，这时才说：“文昌，这两天我回爸那里住。你有事，往爸家里打电话。”

“你的手机咋总不开机呢？”徐文昌想起来，自己有两次给她打手机都无法接通。

“工作上的原因，我才关机的。”邵欣说得轻描淡写。

对妻子的工作，徐文昌很少过问。有时，邵欣经手的案子挺少见，她便会向徐文昌讲，说得眉眼飞舞。但徐文昌并不感兴趣，有时还打着哈欠说：“欣欣，你讲那些干啥。”

邵欣不服气地说：“让你了解一下社会。市长也要体察下民情!”

这时，楼下传来两声短促的车笛声，是司机前来接徐文昌。邵欣本以为徐文昌会吻别她，那是他们夫妻约定俗成的程序。因为爱情总会冷却的，在平淡的日子里，要给两颗相互依偎的心加加温；在分别的日子里，要时不时提醒对方，爱在心里。此次外出分别，徐文昌只是望了望她，便拎着皮包，匆匆下楼了。

邵欣感到内心一阵空虚。

只有上班坐在办公桌前，翻动卷宗，处理案子时，邵欣才会忘掉一切。邵欣的手机关机，其实是有一个秘密，浦业房地产开发公司老总钟凤鸣总不厌其烦地找她，要求她出面做徐文昌的工作，把八大庙一块27万平方米的商服土地使用权出让给他使用。

钟凤鸣是一个能折腾的主儿，他在法院干得很不安分，终于辞职下海经商，创办了浦业房地产开发公司，几年间便拥有亿万资产。他相中的这块地处于市郊，原为废弃的八大庙一带，松浦市常住人口迅速增加，市政府决定在这里建一处大市场，并且还要开发商服和综合住宅楼，显然这是肥得流油的项目。钟凤鸣闻听此消息，不动声色地先给邵欣打了一个电话，邀请她共进晚餐。

邵欣对钟凤鸣并没有好感——纨绔子弟，无甚作为。只是，钟凤鸣很争气，又赶上房地产业热，赚足了钱。邵欣虽然与他有过一段共同在法院工作的经历，但对他的盛情邀请仍然很是犹豫。

“邵欣姐啊，我请你就不好使吗？我不是黄庭长，所以就没那种力度啦？哈哈……”

钟凤鸣的笑阴冷而刻毒，邵欣敏感地感觉到钟凤鸣在暗示着什么，她心头一抖，皱起细溜溜的眉毛，沉吟着说：“有什么事儿，你快说！我还有案子办呢。”

“邵欣姐，我就是想请你喝酒。你看啊，这天多蓝，市区建得多优美……”

“不行呀，我老公今天回家早，我不能冷落了他。再说，现在党风党纪抓得紧，大吃大喝不妥当。”邵欣搪塞说。

话筒里传来钟凤鸣快活的笑声，刺激邵欣的情绪。“欣姐，你别开玩笑啦！徐文昌现在干啥呢？市长大人正陪着朱省长在临南乡视察精准扶贫工作呢，今天根本回不来！邵欣姐，你马上过来，随便你穿什么衣服，我有事找你协商呢！”

钟凤鸣命令的口吻与不容置疑的态度让邵欣心头老大不快。她平日里接收到、遇到的是别人敬慕的目光，这常常让邵欣感到自豪、陶醉，也有了一种优越感。只有当钟凤鸣出现在她的视线里时，她的心就“咯噔”一下，莫名的反感立刻涌上心头。

就像面对一个恶魔，但邵欣又必须去见钟凤鸣。

松浦市的浦北大饭店以装修豪华、设施齐备而闻名。“公爵号”客房里只点着几支蜡烛一样的灯，荧荧的亮光把房间涂抹上了一层朦胧的粉色，颇有一种意境。邵欣一边擦着嘴，一边打量钟凤鸣，她发现，几个月不见，他有点发福了。

“钟总，什么事儿呀，这么急着找我？”邵欣半真半假地问。

钟凤鸣注意到她穿着便服，衣裙得体，只有严肃的表情给人一种庄重的感觉。他把半截烟头掷到一边，喘口粗气，说：“邵大小姐，你别这样称呼我呀，还是称我小钟好啦！欣姐，咱们可是青梅竹马。哦，对了，咱们边吃烛光晚餐边聊一聊，你看如何？”

钟凤鸣说完笑了，商人不会搞无谓的招待会，有要达到的目的才舍得下血本。邵欣无言地坐在他的对面，感到压抑。他的话虽然亲热，但邵欣还是从假惺惺的亲热里感觉到一些危险的气息。她对奸诈的钟凤鸣十分了解，为满足他的要求，邵欣没少为难徐文昌。有一次，徐文昌生气地责问邵欣说：“你对他的要求百般满足，我真不知道你究竟想干什么？”

钟凤鸣在松浦市借助邵欣的力量，几乎成了手眼通天的人物。面对徐文昌的责问，邵欣无言以对，只好以看在钟宏业的面子，帮助钟凤鸣把事业干上去为借口，搪塞过去。她的内心则流淌着些许无奈，也经常扪心自问：我这是为了啥呀？

尤其现在，反腐力度越来越大，邵欣再为钟凤鸣办事，很难保证徐文昌不会受牵连。邵欣只能婉言拒绝了他的要求，告诉他，市里开发的土地今后会挂牌拍卖。

到了包房，只见几样邵欣最爱吃的佳肴摆在面前。钟凤鸣举起酒杯，笑吟吟地说：“难得一见呀，邵姐，前几天我见到徐市长了，真是官高人贵呀！那时他在红光厂还是一个……”

“凤鸣，有话快点儿说，天不早了。再说，勤勤快回家了。”

“你去告诉勤勤，就说在钟叔这里，有事儿不就得啦！”钟凤鸣像在回忆什么，“邵姐，那年你才 20 岁吧？咳，真是光彩照人！徐文昌有福气，到底把你弄到手啦。”

邵欣生气地说：“你还没喝就高了，再胡诌，我走人了。”

“我钟某人说的是真心话！假如……”钟凤鸣瞟她一眼，发觉她神色不对头，话题一转，“哎，邵姐，听说市政府要开发八大庙，政策优惠，你给徐市长吹吹枕头风，让我们房地产开发公司在那儿搞开发。当然，盈利有邵姐一份红利。”

“那不成！你让我帮忙承建了水务局大楼，文昌对我都有想法了！”邵欣脸色极难看，缓口气说，“市里有人反映，说我是‘贪内助’，从中捞到不少好处，我真是太冤了。”

“邵姐高风亮节，不跟兄弟一般见识！”钟凤鸣皮笑肉不笑地呷口酒，“徐市长那边还要全仰仗邵姐！”钟凤鸣抽烟的姿态很放肆，满脸的横肉抖颤着。他肥胖的手抠着衣兜，终于摸出一只精巧的首饰盒子。打开后，里面是一枚晶莹闪光的钻戒，而且可以看出钻石的成色和分量都不错，显然价格不菲。他把首饰盒推到邵欣面前，脸皮抖开笑容。

“一个法官戴这玩意儿，恐怕不妥当。但一个市长夫人，就很配了。这是非洲钻，像邵姐一样名贵。邵姐你戴上，这可是属于你的！”

钟凤鸣想替邵欣戴上，邵欣缩回了手，把首饰盒推还给他，嘴唇苍白地说：“我可没有高贵的手来戴这枚钻戒。钟凤鸣，你饶了我吧！”

“你嫌钻戒不够档次吗？告诉你，这是非洲钻。”钟凤鸣眯着眼睛，再次强调，同时注视邵欣，似乎早看穿了她的五脏六腑。

邵欣一脸认真地说道：“我是一个法官，清楚这种行为会带来什么后果！再说，让文昌知道了，他也不会饶我的！”

“他真是清官吗?”钟凤鸣虚张声势地说:“老徐想当清官,可不是那么容易的!”

“你的话太过分了吧?”邵欣脸色很难看,“照你这么说,这世上无王法了,也没有公理和道德了!你要知道,老徐可从不多吃多占。”

“我知道徐市长是清廉的。你别往心里去,开个玩笑嘛。”钟凤鸣担心彻底惹恼了她,万事皆休了。他轻描淡写地说:“我是说,世人就是俗人,俗人自有俗气。见了钱和权,谁会不动心?”

“看为谁掌权为谁谋利!”邵欣严肃地反驳道。

钟凤鸣附和说:“有道理。有的官儿,一心巴火为社会造福,秉公办事,邵欣,文昌也想当这样的官儿吧?”

“你别跟我绕圈子了,有啥事儿直说吧!”邵欣不耐烦地说。

“还是这件事儿,你跟老徐吹枕头风,让他把八大庙那块地方开发使用权让给浦业房地产开发公司,将来一定重金相谢!”

“我早说了,以后土地出让不是政府说了算,而是挂牌拍卖。”邵欣又强调一句。

“那里也有猫腻!”钟凤鸣满口质疑。邵欣很是不悦,她发觉钟凤鸣的思维有问题。“帮你说几句好话,你赚得钵满盆溢,可老徐要背上骂名,还会被人写检举信,说他从中谋私,把他搞下去。”

“不就是曲孝忠搞的鬼把戏吗?哪天我弄两个人‘炮’他一顿!”钟凤鸣摆出“黑老大”式的无赖。

“你又胡说!八大庙开发这项工程,市里附加条件多,要修排水、道路,还要做公益事业,并重建城隍庙,你承担得起吗!”邵欣责问道。

钟凤鸣脸上露出一丝怪笑，弹了一下烟灰，不经意地说："承诺与兑现总是有距离的。邵姐，我们是商人，只有利润才是最重要的！"

"所以这次我不能帮你。市里想靠这项工程拉动一下市政建设呢！"

钟凤鸣此刻不燥不火，轻声说道："邵姐，看来我力度不够哇！黄庭长一到，啥事儿都会迎刃而解！"

邵欣手不禁轻轻一抖，胸口发闷，面颊微红，厉声说道："凤鸣，你的话啥意思？"

能把邵欣惹恼，不容易，钟凤鸣很是欣赏她那种发火时的表情。他把玩着手上那枚钻戒，像玩弄某人的命运一样。看得出来，尽管邵欣极力掩饰，但内心一定是惴惴不安的，这也是他所希望看到的。钟凤鸣思忖如何利用这份不安，且不会让她彻底恼怒。"我没啥意思啊！邵姐，找你无非是想请你在徐市长那里替我多多美言几句。一旦把事情摆平了，我还能忘记邵姐的大恩大德吗？"

"我早说过了，在他那里，我的话不好使了！"邵欣一口拒绝。

"老徐爱你，怎会不好使呢！邵姐，八大庙那儿可是一块风水宝地，我要拿下来。"钟凤鸣最后明确表态。

第四章

钟凤鸣的发迹，其实主要依靠邵欣。

当时，市政府在文教卫生事业的投资较大，新建了大楼，还建了几处园丁楼。钟凤鸣死磨硬缠着邵欣，让她向主管文教卫生的徐文昌要工程，实实在在捞了一把。浦业房地产开发公司也因此成为一块金字招牌，金融系统贷款资信好，多大的工程也敢接。

曾有一阵子，钟凤鸣看出了邵欣那份懦弱与怯惧，心生怜爱，决定不再找她麻烦了，让她好生伺候当市长的丈夫，当一个腰板结实的市长夫人。但这种心态维持还不到一年时间，他发现，开发商一旦离开权力的支撑，很难成气候。别的且不说，就是税务、规划、城管和环保等部门，就得四处打点关系。稍有差池，停工罚款，让人不得安宁。

在钟凤鸣的眼里，邵欣也许只是一个平常人物，但在邵欣的眼里，钟凤鸣其实是一个恶鬼。她的手机关机，完全为了避开他。

对有利用价值的人不能放弃，是商人的惯例。钟凤鸣想从邵欣那里榨取更大的利益，他如猎人一样注视着她的行踪，有时还到法院找她，谈起来没完没了，影响她办案，让她十分反感。邵欣抱怨说：“你干你的开发，井水不犯河水，凭啥总来打扰我？凤鸣，没事儿别来烦我。”钟凤鸣无耻地说：“我看看邵姐，还不行吗？”

哪里是看我，分明是想利用我！邵欣冷笑着想，神情透出无奈。

徐文昌出差后，邵欣内心空落落的，什么也干不下去。她知道，这时他正在蓝天上的飞机里，眺望白云下的山峦与河流。他不会知道，此刻妻子心情该是多么复杂。邵欣空穿着休闲服，在家里走来走去，抹抹书橱，后又坐在沙发扒香蕉，她喜欢闻香蕉的清香味儿。空旷而豪华的客厅内寂静无声，只有徐文昌喜欢的君子兰开着橘黄色的小花，邵欣浇上水，观赏着，电话铃突然响了。

望着响个不停的电话，邵欣心头发紧，不知该不该接。她看到了来电显示，心里松了一口气，接通了电话。电话那头传来了市规划处程志锐处长的声音：“喂，是邵欣庭长吗？我是小程！徐市长出差了，我也没来得及送别。邵欣庭长，我的车就在楼下，想见见嫂子，不知可不可以？”

邵欣明白，他来可不单是“见见”，忙说：“小程，别客气了，我马上去老爸家，不方便。”

“嫂子，你给个面子，我已经到了……”

楼下传来两声喇叭响，邵欣透过窗子，看到楼下停着一辆黑色的桑塔纳。邵欣态度坚决，不容通融。程志锐很清楚，尚未摸透这位表情冷漠的女法官的心思，不能贸然出手，便说改日一定登门拜见，便将车子开走了。

市里对程志锐有颇多议论，上访信不断，说他主管规划以权谋私，勒索卡要，鱼肉百姓。程志锐几次想给邵欣送礼都被她谢绝了。邵欣说："我是一个法官，收受别人馈赠是受贿罪。你既然对我好，怎么会让我犯罪呢！"程志锐赔笑道："我哪能让别人知道咱们的关系？嫂子，这只是一点小意思。"邵欣正色说："无论大意思、小意思都不行！你快收起来，要不我喊人啦！"

邵欣在拒贿方面是出名的。其实，她家境并不殷实，但夫妻俩还算清廉。很多干部都知道，想走邵欣的门路，达到某种目的很难。"真是天下有无缝的蛋！"有人私下议论。这话传到邵欣耳朵里，她内心自豪——老徐这个市长当得清白，自己又怎么会让他当"捞"市长呢？

既然决定到老爸那里住几天，就必须把屋里整理一番。她把徐文昌的记事本和阅读的书刊归拢妥当，突然发现他的一只公文包里有一叠钱，足有上万块钱！难道谁给老徐的？不能呀……邵欣惴惴不安、心情抑郁地想，他要是受贿了，早晚得出事！别人不说，那个曲孝忠早就盯着市长位置了！

住在老爸家，邵欣仍然没有从疑惑中解脱出来。她与邵义德答非所问的对话，让邵义德觉察到什么，问她是与徐文昌闹别扭了吗？邵欣说："老徐出差了，他去北京请袁天易了。"

"又去恭敬那种人！"邵义德气哼哼地倒背手，在客厅踱了几步，"喂！让我签字解除他劳教的事儿行了？"

"老爸，市政府可能改变主意了。再说，不当权不谋政，好好养你的病吧！"

"这哪里是我女儿说的话！"邵义德瘦削的脸上显得有些严肃。

邵欣说：“老爸，你也知道市财政状况，老徐着急上火。”

始终躲在厨房里的秋秋沏好茶，端上来，说：“欣姨，请喝茶。”

邵欣对这个小保姆还是挺满意的。她说道：“秋秋，你也别忙了，坐在这聊一聊。你家今年收成怎么样啊？”

“扣除种子化肥等费用，我爸说了，又是白忙活一年。”

农民打的粮食卖不上价，日子很难翻身。邵义德感慨道：“农民真的很辛苦！”

邵欣说：“机关公务员总在调工资，企业职工总在下岗，农民种地又不挣钱，老徐能坐得住板凳吗？”对市政府积极改善投资环境、吸引外来资金的做法，邵义德是赞成的。松浦市几家国企不堪市场经济冲击，全部面临破产。如何发展地方经济？只有招商引资是出路。邵义德只是对袁天易不信任，他说：“以后你提醒文昌，不要和他打交道，那人不可靠……”

“老爸，您是不是真的老了？”邵欣笑道。

秋秋说：“爷爷身体一直很好，一日三餐，每顿能吃两碗饭呢。”

邵欣接着说：“老爸，市里的事咱操那份心干啥！养好身板，多活几年是正经事儿。”

“把一个好端端的松浦市搞成这个样子！”邵义德两条粗短的眉毛皱紧了，“咸丰三年设府，光绪二十七年出状元，南牌坊街一共修了五座牌坊，一座比一座亮堂，当时谁不知道松浦！古人尚知道规划城建，现在的人不按规划，那怎么可以呢？再说，八大庙那儿……”

“老爸，您就别说了，谁说没规划呀？三里桥那一带不也挺敞亮吗？”

邵义德不再说话，慢慢站起来，被秋秋扶着，走进卧室。客厅里一片沉寂，邵欣打开电视，胡乱地按遥控器寻找满意的节目。看了一阵子，没有称心的，她打了个哈欠，突然想，不知徐文昌在干什么，便拨通了他的手机号。电话那头传来他的声音：“是欣欣吗？你还没休息呀？”

“文昌，我怎么听不清呀？”邵欣听到那边一片嘈杂的声音，还有人在唱歌。

徐文昌告诉她，袁天易给他接风，当然少不了卡拉 OK，还说袁天易正和一位叫卓亚雪的女孩唱《夫妻双双把家还》，又问邵欣想不想与袁天易说几句。邵欣对袁天易没有印象了，对徐文昌的话很反感，生气地回答：“不啦，你把这件事办妥就行了！”徐文昌刚要挂断电话，邵欣又说：“你那边说话方便吗？”“你有事？说吧！”他说。邵欣问：“我打扫屋子，见你衣兜里有上万元的现金，是干什么用的？”徐文昌叹了口气说：“别提啦，从办公室借的差旅费，忘带了！幸亏老曲多带了一些。那笔钱你可以还给办公室赵会计，别忘了把借条抽回来。”

搁下电话，邵欣放下心。环顾宽大的房间，她心头又空荡荡的。光怪陆离的市场环境使人们发狂。她拿不准徐文昌会不会头脑发烫，走进误区。邵欣见秋秋端坐她的对面，正瞪着大眼睛盯着她，便掩饰心头的困惑笑着说：“你咋还不休息？”

“姨，没什么事吧？”秋秋关切地问。邵欣叹着气说：“我真羡慕你，单纯无邪，多好啊！”

秋秋困惑地说：“我哪里有你幸福呀？生活上不愁，又有人尊敬，我行吗？”

邵欣细细一想，觉得也有道理。人或许物质生活富足了，能拥有快乐，但快乐的人并不一定都拥有财富。看来，世上的事没有尽如人意的，总会有缺憾。她摇摇头，哑然苦笑。闲着无聊，她便给勤勤打电话，看看女儿忙什么，可女儿的电话关机了，无论如何也打不通。“这个死丫头，没准儿又上网吧了。”邵欣甚觉无聊，关上电视，“睡觉!”她又打了一个哈欠。

第五章

影视作品里的公司老总，不是风度翩翩的先生，便是绰约可人的佳丽，但袁天易可配不上这些形象。

袁天易的脑瓜很扁，稀疏的头发带着自然卷曲，显得很有风度，但他那凹凸不平的脸有点狰狞，据说是劳教时让“铺头”留下的“纪念”。尽管他模样猥琐、身材矮小，但眼神儿格外明亮，显得机敏又狡黠。当得知徐文昌与曲孝忠亲自赴北京见他，他没有表现出丝毫的热忱，而是依偎在皮椅中，两条腿舒展地搭在老板台上，手里把玩着一枚留有磨痕的硬币。过了一会儿，他又抛出硬币，让它在宽大的老板台上随意旋转，而他的思绪也随着硬币而转动，直到硬币倒伏在那里。

“蛐蛐，你看看那钢镚儿是字儿还是闷儿？”袁天易懒洋洋地吩咐。

叫“蛐蛐”的是一个不足17岁的少年，稚气的眼神惶惑地扫了一眼袁天易的脸色，毕恭毕敬地说：“老总，闷儿！”

硬币的“字儿”是正面，“闷儿”是背面。袁天易无论是出行、进行项目投资，还是做重大决策，都习惯用一元的硬币来占卜，使这枚一元面值的硬币被磨得十分光滑。听说是“闷儿”，袁天易不动声色，他仰望着天花板，上边的图案吸引了他的视线，他又细又尖的手指弹着老板台，发出脆生生的声音，牵动着他的回忆。

人生真他妈不可捉摸！事业有成的袁天易，身边围绕着数不清的美女，但一听说徐文昌来了，他还是会想起邵欣，想起在那个雨夜，一把伞遮住了雨巷里的寒意，两个人相偎而行的情景。那年邵欣才 19 岁，正是青春年少，她紧紧地依偎着他，温热的身体透出少女特有的暗香。两个人踩着积水，没有目标地闲逛。当时，袁天易很快活，偶尔说几句幽默的话，逗得邵欣“咯咯”笑。袁天易记得，邵欣淋湿的前胸碰撞到他的胸脯时，有一种异样感刺激着他，让他冲动地搂抱她，吻她的眼睛、嘴唇。她惊叫着挣扎，像小燕子一样逃开，沉寂的夜晚有了色彩。

爱情使人着迷，袁天易明知道他与邵欣的爱是流水，无根而流向无序，但依然想留住她的心。终于有一天，邵欣发现这段爱恋中的参差，他费尽心思想留住她的心，终究也留不住，两个人分手了。这段记忆一直留在袁天易的心里。有时候，袁天易恨恨地想，假如邵欣嫁给了他，兴许也会改变他的人生轨迹。他可以调进政府机关，或者成为局级领导，或许还能步入市委当个头头脑脑。

商人总会用利益来权衡一切，当然也包括婚姻。多年来他奔波创业，感触最深的是人的命运无常。他创办的公司也几度陷入危机，几乎全军覆没，由于他念着邵欣而奋斗，才有了转机。

这两天，他开发的广宇大厦马上开工，而且财务公司又有望引进一笔资金，可以说事事顺心。令他心头不快的就是占卜始终不如意，他抛了十次硬币占卜，有八次是“闷儿”，仅有两次是“字儿”。蛐蛐说：“袁总，那是迷信。”袁天易瞪着眼珠吼叫：“你他妈别这样教训老子！谁说不准？我蹲风眼儿时，每次都他妈的算准了！”

蛐蛐不敢吭声，他很是惧怕袁天易。

“蛐蛐，你告诉小雪，就说我今晚不到她那里了，有客人。”

“袁总，雪姐让你开车陪她购物。”蛐蛐壮胆提醒说。

“快滚！”袁天易大吼一声。

蛐蛐一阵风似的逃离了袁天易的办公室。袁天易看了一眼手表，估计徐文昌与曲孝忠已经下了飞机，便喊司机备车，他准备在远东大酒店为徐文昌他们接风洗尘。尽管年轻时两个人有过恩恩怨怨，但现在又为同一个目的相聚，这让袁天易觉得国外一位资深外交家曾说过的“国与国没有永远的敌人和朋友，只有永远的利益关系”是何等透彻！

袁天易自信地想，松浦市政府请他回乡投资创业，就得给政策、帮贷款、找门路。至于税收嘛，不过是一笔糊涂账。

他站在一面镜子前，认真地打领带、穿西服，还梳理了一番头发。他乘电梯刚到楼下，手机便响个不停，是卓亚雪打来的。他很不耐烦地接通，说：“我不是说今晚有事儿，不能陪你吗？”

“我要买一件套裙，你必须陪我去王府井大街！”

袁天易动气地说：“我没时间，让蛐蛐陪你！”

“你是男子汉吗？”卓亚雪的口气更强硬，“我一个20岁的女孩儿，跟你三年了，我图个啥？还不是希望你能替我遮风挡雨吗？”

袁天易软下口气说：“小雪，今晚我给老家的徐市长接风洗尘。你看……分不开身呀！”

“我也去，你派车接我。”卓亚雪的语气坚决，简直是在下命令。

袁天易想了想，还是让司机把车开往河渠小区接卓亚雪。对他这个小情人，袁天易一直处于怒不得、惹不起，又舍不得的状态。卓亚雪也是“北漂”女孩儿，文化程度不高，老天赏给她一副好面孔，让她充满自信地来到北京“淘金”。卓亚雪来袁天易公司打工的头一天，他就注意到她的存在。袁天易当时理智地告诫自己，女人是祸水，千万别沾上，可心里像被撬开一条缝，鬼使神差地总要往大厅那里走一走，因为卓亚雪当时是接待员，他喜欢看到她迷人的笑脸。

见总裁四平八稳地走下了楼，卓亚雪总会变得十分严肃，微微鞠躬致意：“总裁您好！”

袁天易清楚，办公室主任江润生预先教过卓亚雪礼仪常识。江润生也是红光厂的老职工，与他私交甚好。江润生挺有本事，他总能揣摩透袁天易的心思，他主张把卓亚雪安排当接待员，这样总裁可以随时看见她。袁天易也发觉，每当心情烦躁时，见到了卓亚雪心情就如晴空万里，什么不高兴的事情都会消失了。

那种感觉如同手术刀子一样切割着他的灵魂。

他发觉自己悄悄喜欢上她了。在大款们的眼里，女人仅有漂亮的脸蛋不足以令他们动心，因为他们接触的女人实在太多了，但有韵味儿的女人又实在太少了，既有漂亮脸蛋又有韵味儿的女孩更是凤毛麟角。卓亚雪既有野性的韵味儿，又有知识女性的文雅，自然让袁天易动心了。

一个是公司的总裁，一个是来自外地的打工妹。成为他的情人后，虽然卓亚雪偶尔也曾顾影自怜，觉得跟着这样一个足可以当她父亲的男人实在亏了，可她还是抵抗不了金钱的诱惑，继而死心塌地。

奔驰车在河渠小区一处别墅外足足等了半个小时，袁天易又打了三遍手机，卓亚雪这才婷婷娜娜地走下了楼。她坐进副驾驶位置，赌气地说："天易，你怎么不上楼呢？"

"你化妆的时间也太长了！"袁天易窄瘦的脸上满是焦急，"咱们快点儿赶路，去远东大饭店！"

现代化的交通便是让最先进的交通工具创造速度。他们仅用20分钟便赶到了几十里之外的远东大饭店。卓亚雪那天穿着一袭粉红的晚装裙，挽着袁天易的胳膊，款款而行。当袁天易出现在徐文昌面前时，徐文昌愣了几秒钟才回过神儿，然后立即笑容可掬地说："天易，幸会，幸会！"

见到徐文昌，袁天易很激动，他拉住徐文昌的手，说："徐市长，这么忙，特意来北京，很不好意思。"

"呀，话说远啦！就是三顾茅庐，我也值呀！"徐文昌纠正说，"天易，咱们可是老交情了，以后，你就叫我文昌，亲近一些嘛。"

他们一块儿进了饭店。装修豪华气派的贵宾包房里，几个人喝起酒，推杯换盏，气氛浓烈。袁天易对往事记忆犹新，他对曲孝忠说："老徐当时是我们厂团委书记，少壮派，未来的厂长接班人。他理论上有一套，讲马列，说三个小时没有重复的。那时候，全厂公认他是一棵好苗子。"

"天易，你的话也太玄乎了。来，喝酒。"徐文昌看见卓亚雪坐在袁天易旁边，举止亲昵，知道他俩关系非同一般，便暗示说道："天易呀，市委、市政府对你的要求已经答应了，并准备以红字头文件向各部委、办、局传达，这一点你完全可以放心。至于采取什么方式投资，欢迎你即刻返乡看看再定。总之，家乡人欢迎你回去投资，把生意做大，发大财。"

“红光厂现在状况怎么样？那是咱们感情最深的地方。”袁天易问。

“基本停产。”徐文昌认真地介绍，“不过，又组建了一个松浦电气有限公司，由邵杰负责。”

“哦，邵杰？那是你大舅哥呀！”袁天易听了很是高兴。

他对松浦市有难割舍的乡情，往事掠过心头，让他颇为感慨。卓亚雪看出袁天易很想返回故乡投资，不禁皱紧了眉头，嗔恼地说：“松浦那儿太冷，又不是什么好地方，值得你去呀？”

“亚雪，落叶归根嘛！我常常梦见松浦那里的庙呀、街道呀，很是想念。”袁天易说到动情处，眼睛湿乎乎的。

卓亚雪对此没有什么感觉，她没有袁天易这样的经历，当然无法理解他的感受。徐文昌看出两个人别样的心思，顿时觉得这个卓亚雪不是等闲人物，她有牵动袁天易的能量。为达到目的，徐文昌主动向卓亚雪敬酒，并恭维地说：“卓小姐不仅漂亮，气质文雅，而且十分关心袁总，真是人间难找的好人。”

一直沉默不语的曲孝忠没想到徐市长会巴结这么一个女子。散宴后，曲孝忠开玩笑说：“徐市长真有一副好心肠，对那个女子挺关照呢！”徐文昌自嘲地笑道：“卓亚雪牵动着袁天易的心，她若真的不同意，袁天易就不会答应回松浦投资！”

次日，袁天易携同卓亚雪陪同徐文昌、曲孝忠浏览北京市区。北京的景观他们游览过很多次，最感兴趣的是北京的高层建筑，颇有现代化城市的气魄。宽阔的马路和高耸的立交桥，使交通便捷通畅。徐文昌不禁为松浦市面积太小而惭愧。当年据说松浦撤县建市初，老市长请专家研究南直大街宽度时，专家提议，必须要打开南直街为主要街道，修一条 34 米宽的大道。老市长当时就急眼了，说那得占多少好地呀！南直路能通过四挂马车就行了！得，一言九鼎的地方父母官，决定了一座城市的规划，松浦市从此成了中国城市中道路最狭窄的。

浏览市区只是感情磨合的一种途径，真正想引进桂普公司，还需要谈判。谈条件，用吸引人的优惠政策叫袁天易动心。徐文昌坐在桂普公司会客厅宽大的沙发里，望着不露声色的袁天易，说道："天易，你还需要市政府做些什么，尽管开口！"

"贷款。"袁天易舒舒服服吐出一串烟圈儿。

曲孝忠紧张地盯住徐文昌的脸，很为难地想，市政府怎么能出面为你贷款？如今市里好几家企业面临资金困扰，比如邵杰就一直嚷着让市政府帮助拉资金，好彻底改造松浦电气的设备，赶超国际一流机加企业。邵杰提出了许多次，徐文昌都没答应，这次又怎么会替一家私人企业跑贷款？仅这个条件，肯定要谈崩的。

徐文昌似乎没有把袁天易这个条件当回事儿，他兀自说道："松浦市第十三届人大会议有一项决议，要尽全市的力量，建设几个大型'航母'式的集团公司，并准备为上市筹措资金。桂普公司具有这样的规模，当不上'航母'，就是形成一只'大兵舰'也行呀！"

"老徐，你不知道，我把公司做到这份儿上，不容易！"袁天易摸出那枚带有体温的硬币在手里把玩，沉思一会儿后又缓慢地说，"那年我从松浦市出去，浑身没有几块钱。当时我很害怕，以后怎样活呀？我和家里那口子试着在北市郊区养蛋鸡，出过摊床，开过饭店，后来搞木材生意赚了一些钱，渐渐把桂普公司做大……"

徐文昌知道袁天易心里隐藏的东西，他在红光厂当采购员时，为谋取钱财绞尽脑汁。他很有手段，购买零配件时索取回扣，出差时多报差旅费，就是上市里也要捡票根拿回来报销。尽管他很仔细，但他攒下的钱还是在劳教三年后都花光了。其实袁天易支撑起这摊事业不容易，他早听说松浦市在市政建设中有了大行动，也想实实在在再捞一把。这次市政府亲自请他返乡创业，机会总算来了，市政府欢迎他回去投资，发展舞台搭起来了，戏怎么唱，全由他了。

“天易，我也清楚，你是挺有办法的人，搞活开放，需要的就是你这样的能人。请你回乡投资、建设家乡，也是全市 64 万父老乡亲的渴望啊！至于贷款嘛，都好说。只要项目好，全市几大商业银行都会伸出援手支援你的！”

“市里八大庙改造工程、市政府重建工程和北环路工程，都请谁做啦？”袁天易问。

徐文昌没想到，他的关注点在此处，暗中骂道：袁老鬼，果然是难斗的人物！他强撑起笑容说：“当然少不了你的参与。”

袁天易狡黠地盯住徐文昌的眼睛说：“工程款怎么付？别是承建单位垫付。”

“政府的工程当然由政府分期付款，至于开发项目，开发公司自负盈亏。天易，咱们都是红光厂出来的，我不照顾你，也该高看你一眼呀！”

袁天易打个响指，喊道：“司机把车开来，我要陪徐市长、曲市长潇洒一番！”

第六章

车进入了松浦市，袁天易开始沉默不语，脸上露出孩子般的表情，向车外张望。一串记忆的碎片从心里苏醒，从头道街到中央大马路，都可以唤起他的回忆。二十几年前，他从这里搭乘长途客车远走他乡，那时他走得心酸，也走得落魄。如今，他回来了，可以说光宗耀祖地回来了。

徐文昌在市政府的招待所举行了体面的酒会，欢迎袁天易回乡投资。袁天易认出了徐文昌旁边的邵欣。她穿着朴素的衣裙，恰到好处地显现出职业女性的端庄。邵欣微笑着与袁天易碰杯，用热情的口吻说："天易，真的欢迎你回来呀！"

袁天易不动声色地注视他的初恋情人。邵欣还是那么俏丽，不同的是少女的纯情俏皮不见了，多了几分中年女性的矜持与贤惠。这就是他梦寐萦怀的女人吗？那个曾经让他爱得发狂，也让他失魂落魄的女人？袁天易只是邵欣生命中的过客，邵欣却影响他颇深。回忆往事，那些甜蜜而怅惘的细节，让袁天易颇有感慨。袁天易低声问邵欣："你还好吗？"邵欣说不出话，她的笑容很勉强。袁天易趁机把卓亚雪介绍给邵欣，并故作大度地说：

“欣欣，请你多多关照她。”

“你就是邵阿姨吗？”卓亚雪一句话就把邵欣送到中年人行列。

凭女性的敏感，邵欣认出了卓亚雪的身份。邵欣为面前这位迷人的女孩感到悲哀，年纪轻轻的正值好年华，为什么把自己卖掉？邵欣说：“小雪姑娘真是冰雕玉洁的女孩儿。到松浦市来有什么感想？”

“人还是蛮热情的。”卓亚雪眸子亮亮的，充满渴望。不知道她在渴望什么。

两位女性在这边勉强应酬交谈着，另一边徐文昌与袁天易的交谈就显得畅快多了。徐文昌告诉他，红光厂早已经破产了，近日市工商银行准备拍卖部分厂房，很希望他能接过来。徐文昌很惋惜地说：“现在国际大环境也挺好，大型装备业走俏，让那样的企业闲置，实在太可惜了！”

袁天易表情缺乏热情，淡漠地说：“红光厂是咱们的根，等以后我有条件时再说罢！”接着，便与徐文昌就投资意向说了自己的看法。

徐文昌苦着脸，听他讲解，发现双方的认知存在差距。徐文昌希望他能救活红光厂，那样自己的政绩肯定多了一笔光彩。袁天易则想参与市政三大工程，他想从政府的口袋里多掏几个钱。徐文昌暗想，谁都想弄到分包工程，那就看谁能中标了。

“哪天我陪你去红光厂看看，如何？”徐文昌提议。袁天易摇了摇头，没有那种意思，他现在只对赚钱感兴趣。

回到松浦市，袁天易首先购了一台凌志车，开始奔走于市里各行政审批单位。按照他的计划，首先创建一家实业公司，主业为产业开发；再低价收购一些破产的企业，通过资产重组，成为桂普公司的旗下一员；之后就是创办房地产开发公司和建筑公司——这是桂普公司的主业，也是他最精通的行业。他在北京、海南、大连等地都有开发项目，一旦那里的期房出手，他可以腾出资金在松浦市从事房地产业开发。

对袁天易的项目，松浦市政府表示，在审批上会一路绿灯。徐文昌亲自在一份“关于引进桂普公司项目，全程支持其发展”的文件上批示，要求有关部门采取一站式服务，全程支持桂普公司发展。尽管政府的文件缺乏实质的内容，袁天易也没有从中切实感受到优惠政策带来的实惠，可是他仍然很有几分踌躇满志。有了“红字头”文件，谁能奈我如何呢？他很是兴奋地想。

岂料，那天他在规划处便碰了一个软钉子。

捐资修缮城隍庙是他头一个得意的项目。把旅游资源开发列入第三产业，已经是各地官员共识之见。第一产业的增值税基本让国家财政收取，唯有第三产业的地税归地方财政。袁天易重建城隍庙，仅门票、旅游纪念品的收入就十分可观，加上还能带动第二产业，更是一本万利的行业。袁天易去西安考察项目，亲眼见到兵马俑的价值，很是眼热。

袁天易急于翻建城隍庙，有他的目的：市政府决定让这处古老建筑遗迹发挥作用，对他捐助项目有明文批示。他找到市规划处程志锐处长，想让项目尽快获得批准，开工建设。

“你是袁天易吗？”程志锐懒洋洋地修着手指甲，对袁天易递的“大中华”连看都不看。

程志锐不足 40 岁，他那刀削般的长脸显得很精明，不像是什么贪赃枉法的人物。在松浦市，他也是颇有争议的人物。副市长曲孝忠多次提议要罢免他，说他没有执行城市规划，以权谋私，城郊私建、滥建严重。奇迹的是，程志锐仍然担任他的处长。袁天易赔着笑脸说道：“程处长，这次认识了，改日请你。”

“哼，好像我没吃过什么似的。”程志锐看袁天易的眼神并不友善，他慢悠悠地说：“你派来办事的人，也太大大咧咧的了。拿来申报材料就让我签字，审批费拿来了吗？”

“怎么还要审批费？”袁天易不明白。

“我们这里是事业单位，靠收取审批费开支。”程志锐眼波里闪过一丝狡黠，“当然了，你是一把手工程，我们要给予一切方便。那这样吧，我们有工程队，给点活儿，你看如何？”

袁天易足足盯了程志锐五秒钟，他想，桂普公司主营承揽工程，你若把桂普公司的工程包了，那桂普公司还有什么可赚的呢？袁天易推辞说：“本公司还没有工程可做，怎么可以委托别人呢？”

程志锐笑道：“我知道你在北京、海南等地都有工程。我们包一点土建工程，有何难的？”

“程处长有所不知。”袁天易苦笑说，“现在的建筑市场大半是垫付款，你有那个能力吗？”

“有桂普公司当后台，怕啥！我可以从银行贷款，还可以从民间融资，只要你肯出面担保，我啥都能办到！”程志锐充满自信。

没想到一个规划处长有这么大神通！袁天易突然对他产生兴趣，眼巴巴地盯住他说：“程处长，那你就在我的公司里干呗！给你一个项目经理，赚的钱与公司分成，你看咋样？”

程志锐习惯性地眯缝眼睛打量袁天易，说：“我这里捧的是铁饭碗，而且前途无量。到你那里搞开发，一旦闹僵了，饭碗岂不打了！那可是犯傻，我不干。”

“程处长，我知道你舍不了铁饭碗。国家公务员，堂堂的处长，怎么会甘心当一个包工头呢？”袁天易发现他存在的价值，眼里闪出亢奋的亮光，“我公司特聘你为顾问，每月工资五千块，如果你在哪方面有突出贡献，另议报酬，你看怎么样？”

对这个主意，程志锐颇感兴趣。他一方面规划审批大权在握，另一方面又能不显山不露水地赚外快，何乐而不为呢？

几天后，他出面请来市工商银行的杨秉臣行长。已经58岁的杨行长很精明，他在酒桌上审查了袁天易在松浦市的全部投资计划，沉吟了一会儿说，徐市长已经与他打过招呼，对引进桂普公司的情况略知一二。工商银行与企业就是共存共荣的关系，他保证，只要用得着他老杨，一路绿灯。

程志锐率先鼓掌，他神采飞扬地说：“袁总，我这个朋友咋样？开不开事儿？”

袁天易暗中大喜。他亲自给杨秉臣斟了杯酒，不紧不慢地说：“杨行长，你真是我的榜样啊！不过，杨行长，只要你支持桂普公司发展，完全可以合理合法弄几套房子呀！”

杨秉臣用戒备的眼神看着袁天易，他捕捉到对方的险恶用心，用怪异的口吻说：“袁总，我马上要退休了，可不会干以权谋私的事儿。”

“那你想错啦！我还舍不得离开你这个老朋友。”袁天易真诚的话语很能打动别人，“我有不动产抵押贷款呀！在松浦市有红光厂，有楼盘，有两家公司的资产，一切手续都合乎要求……”他故意提到红光厂，好显示财大气粗。

杨秉臣知道红光厂还姓国，他狡猾地笑道：“听说你因为放赌蹲过三年监狱？信誉上有难度。”

打人别打脸，说话别揭短。袁天易脸色发红，想这没准是徐文昌漏的口风。他不满地说：“老杨，那是冤案！市里已经给平反了！难道你没听徐市长说吗？”

杨秉臣却觉得有些事并非那么简单。

袁天易很窘迫，为摆脱难堪，他点燃一支烟，掩饰自己情绪的波动，佯笑着说：“杨行长，过去天易不懂事，捅出不少乱子！那个科长叫沈建国吧？没关系，请他到我公司干点什么，袁某人不会亏待他的！”

对沈建国这个人，杨秉臣有着说不出的好感。两个人是战友，同时分配到银行系统，一个人守法得到荣升，一个人枉法遭遇沉沦。袁天易的大度，或多或少感动了杨秉臣，觉得他人挺仗义，竟对桂普公司贷款有了相助的意思。

坐在袁天易的凌志轿车里，卓亚雪感觉自己像被关进笼中的金丝鸟。这些天她陪同袁天易结识了不少当地的各界名流，虽然在酒宴上大家按照袁天易的介绍，习惯称她“卓秘书”，但从眼神儿和语气中，她还是感受到一些心照不宣的东西。她读过很多书，知道“小蜜”是什么身份。她不甘心，却又无可奈何。失掉这个身份，她只能回到河南老家，黄土地里的贫瘠生活她过够了。

袁天易开着凌志轿车从一个宴会赴向另一个宴会，他的回来，在松浦市里掀起一股旋风。昔日不相往来的人，对他突然如火一样热情，像老朋友那样又搂脖子又抱腰，说长道短。袁天易背后对卓亚雪说：“这个人过去差一点把我弄死，现在，成朋友啦！”

卓亚雪告诫他：“与这些人来往，留点心眼儿，我看他们用心不纯。”

袁天易开怀大笑，洋溢着自得。市长徐文昌试图拢住他，让他参与市属企业改革，提出了几套方案，但他不想拯救那些濒临破产的企业，只想白白占企业便宜。想想看，当初那些厂长们多神气！不是什么创利企业，就是什么改革标兵，出尽了风头。现在，问题暴露出来了，想转嫁危机了，才想到民营企业。袁天易不是傻瓜，他知道弄不好自己会陷进去，运用好了反而渔翁得利。而他只想得利。

那天，他载着卓亚雪驶离市区，来到了郊区。卓亚雪问他：“天易，咱们去游玩吗？我可是没带化妆品。”袁天易知道卓亚雪的意思，说：“你不是有牡丹卡吗？”卓亚雪不快地说：“最近陪你到处应酬，钱包瘪了，脸上却鼓起来了！”

袁天易糊弄地说：“马上就会有钱了。”

“今儿个去谁那里？还让我扮卓秘书吗？”卓亚雪咴咴笑。

袁天易喜欢她单纯无邪的笑，他轻轻抚摩她带有醉人香味儿的长发，说：“你不用扮了，亚雪，我去看望一个患难弟兄。”

“他有钱吗？”卓亚雪快嘴快舌地问。

“他有义气。”袁天易回答。

义气能当钱花吗？卓亚雪觉得可笑。袁天易发觉她表情的异样，无意继续这个话题。轿车穿过狭窄脏乱的小巷，破败的胡同显得丑陋不堪。袁天易说，他要在这里开发一处高级花园别墅区，让当地的富人都在这里居住。

卓亚雪说：“那这里的穷人怎么办？”袁天易说：“可以让他

们住在城里嘛！”

这个逻辑卓亚雪无法理解，可是又没有好的思路。他们的凌志轿车驶进这里，停在了“陈破烂”家门前，十分引人注目。

蹲在院里阴凉处闭目抽劣质烟的陈志成，思忖着是否趁着凉爽一些出去捡破烂，还是干脆明天再辛苦？他猛然听到刹车声，以为来了垃圾车，探头望望，见从气派的轿车里钻出一男一女。惊讶的表情浮现在他灰呛呛的脸上，没想到会是袁天易登他的家门。他还愣着，袁天易已经推开破旧的院门，笑嘻嘻地对他说：“志成吗？我是天易呀！”

“袁天易？你发财啦？”陈志成语调沙哑，恍若梦中。

“是呀，我发财啦！志成，来看你啦！”袁天易对陈志成有一股浓浓的热情，握住他的手，很是激动。陈志成胆怯得很，他偷偷看一眼袁天易，又瞄了瞄风姿绰约的卓亚雪，有点不安，大气不敢喘地说：“天易哥，这些年你都忙活啥呢？”

“你别再捡破烂了！把房子卖了，跟我走！”袁天易吩咐。

脑瓜还处于混乱状态的陈志成说：“那我以后咋生活哇？”

袁天易说：“这些年，你也没找找邵欣？徐文昌不是你表姐夫吗？”

“那又有什么用哇！我蹲过监狱，给他们丢脸了，他们不会帮助我的。”陈志成很沮丧，脑门处的皱纹挤成“川”字，他又问，“哎，你发财喽？”

“你真是一个不看报不看电视的人。”袁天易的成就感被这里的气氛冲淡了，“志成，别再守着这里了。你替我顶罪，被判了刑，我得补偿你的损失！”

“哪里，哪里，后来你不也进去了。”陈志成表情不自然了。

这次袁天易回到松浦市重整山河，首先想到了他那帮哥们儿。这是一群嗜赌成性的男人，尽管大半已经是四五十岁的人了，很多人又没有任何生存本事，仍然有赌的欲望。他们凑到一块儿，就要赌输赢。一次，办公室吩咐他们把一堆垃圾清理出去，陈志成说，咱们赌拳，谁输了谁干。结果他输了，在别人的嘲笑声中，他汗流浃背地干了三个小时，才把那堆垃圾清理干净。

陈志成在袁天易的帮助下上班后，有了收入，邵义德闻听略为欣慰，他最惦记这个外甥。之前陈志成不争气，整天不务正业，与袁天易共谋设赌抽红，聚众赌博，被公安局收审并判刑，邵义德甚觉脸面过不去，可内心依然挂念他。现在袁天易把他网罗麾下，成了桂普公司的员工，每月有几千块的收入。

每年到了盛夏，大渐渐热了，空气潮湿，邵义德的风湿病就又开始发作。邵欣便用更多的时间陪老爸，给他捶捶背，陪他说说话，让秋秋歇一会儿。

“爸，是狗改不了吃屎。他陈志成能学好，天下没人能犯法！”邵欣断言。

邵义德久久无语，陈志成毕竟是自己的外甥，内心还是渴望他走正路。袁天易给他这么个机会，总算把他从泥淖般的生活中解脱出来。邵义德颇有感悟，或许过去不该对袁天易一碗水看到底，他还是一个有良知的人。

第七章

当下，电视台编排的娱乐节目吸引人们眼球，如“大城小爱”“中国好声音”，广受观众喜爱。

这次省电视台举办了“工匠擂台赛”，比拼的双方为松浦电气有限公司的车工杨进全和日本富士山程控机床株式会社的福冈技师。这类由厂家赞助的比赛节目，无非是为了推销产品，与百姓生活太遥远，勾不起人们的兴趣。邵义德近日身体好了许多，闲着没事儿，开始观看历史题材的电视剧。邵义德喜欢看历史纪实片，什么“一战”“二战”抗日、解放战争题材的一概百看不厌。他最讨厌看电视上的综艺节目，有的年轻歌手唱一首歌就红得发紫令他十分的反感。当他见省台正现场直播“工匠擂台赛”，出于习惯，还是看了一会儿。

他正好看到松浦电气有限公司的杨进全出场，这个不到30岁的年轻人表情腼腆，面对主持人问话，他只说道：“中国装备业靠工匠打造尖端产品，我就是一名工匠！”他的话语赢得满堂喝彩，也让邵义德有兴趣看下去。

福冈比杨进全大很多，沉稳老练，他首先夸他所在企业研发的数控车床如何好，加工件精准，是加工航天、航空、精密仪器最理想的选择。接着他又称靠这种机床，自己连续八场比赛都独占鳌头，夺得第一名。

邵义德听了翻译的转述，不由气恼万分，拍着茶几说："日本真猖狂！过去武力侵略中国，现在又利用技术蒙中国，太不像话！"

秋秋担心他惹气伤身子，忙说爷爷我要看综艺节目，抢过了遥控器便换了台。邵义德说："秋秋，这场比赛是邵杰厂里的人与日本人对阵，我得看！"秋秋只得回拨到省台频道，陪同他一块儿观看这场擂台赛。

从电视上看，现场很是热闹，省工信委主要领导、松浦市有关部门领导均到现场助阵。镜头掠过，邵义德还看见齐平领着几十名员工打出横标，上边印有"松浦电气有限公司欢迎您"的字样。邵义德不知道横标究竟欢迎谁，这种免费宣传企业的机会没有把握好，令他很是不高兴。

擂台上，正襟危坐的都是机加行业的专家，他们会随时提出各种难题。数控车床由控制系统、伺服系统、检测系统、机械传动系统及其他辅助系统组成。校正工件时，再用手扳动卡盘或开低速找正，不能开高速找正。根据专家要求，二人要进行工步程序主轴转速、刀架进给量、刀架运动轨迹和连续越位等项目预选操作。杨进全手法熟练、精准操作，在几个回合上都赢了福冈。专家又提出的科目难度很大，有的进刀方式让操作者为难，有的刀削的角度刁钻，难度系数很大。福冈始终充满自信，他不慌不忙地变换程序，显得胜券在握。邵义德发现，日本独资企业"绿太阳"株式有限公司总裁小野先生也赶来为福冈助阵。小野身材矮胖，脸膛黑亮，蓄着稀疏的头发，咧着嘴呱呱大笑。中国装备制造业兴起，吸引了国外大批供货商。小野看好了北方的商机，在松浦市投资了个机加项目，利用日产的机加设备，出产活塞、发动机等重要配件，打进了长春汽车城。小野很满意他的成果，因此前来为福冈助阵。他没有忘记提携企业的士气，率领的十名员工，一律是年轻的姑娘，她们穿着蓝绸缎暗花旗袍，高举着印有“绿太阳，夺天精工，创造奇迹”的条幅，有志在必得的气势。

相比之下，松浦电气有限公司的口号实在太内敛。邵义德嘟囔说：“中国企业得有点气派，缩手缩脚咋能干成大事！”电视直播没有关照邵义德的牢骚，继续播放着两个人决赛的场面。又经过三个回合，一道更换刀具的题难住了福冈，他更换了几次程序，都没能车出标准件，杨进全则取出自己磨制的刀具，很快完成切削工序。见他取下标准件时，现场人声鼎沸，掌声雷动。

秋秋推了邵义德一把，说：“咱们赢了！老爷爷，咱们赢了！”

邵义德激动起来，他咳了一声说：“这才是中国精神，赢得好！我要给邵杰打电话，让公司重赏这个年轻人。”

“爷爷，您老别再操心了，看电视台给他奖励呢！”秋秋提醒说。

果然，在欢快的音乐声中，主持人请小野上场，由他代表赞助方给杨进全授予一块大板子，上面印的是巨大支票，印有两万元人民币字样。福冈荣获第二名，同样授给他一个巨大支票，上面是一万元字样。

小野的情绪不高，站在话筒前叽里呱啦讲着日本话，没有谁听得明白。接着，在一片欢呼声中，擂台赛现场直播结束了，电视台切换到广告，宣传的仍是日产数控机床。邵义德马上让秋秋换台，他走到床边，操起台式电话机，给邵杰挂电话。

见是老父亲的电话，邵杰不敢怠慢，接起电话小声说：“爸，我正在市政府开会呢，过一会儿我给你打回去。”邵义德兴奋至极，只想一吐为快，他说：“刚才看电视直播，杨进全车工技术真行，把日本人赢了！”

“爸，您说什么？”邵杰没有反应过来。

“松浦电气的小杨赢了日本人福冈，了不起！你们要重赏他！”邵义德说。

那边，邵杰低声说：“好的，我有事儿，先挂断电话了。”他挂断电话，继续听台上徐文昌传达省工信委的文件。市政府二号小会议室坐着十几个人，这些都是各企业领导人。邵杰听着省里出台的新政策，要扶持大型装备企业，同时参照东北老工业基地改造政策，进行产业升级，他很有兴趣。

果真是好事连台，作为老军工企业的红光厂，享受东北老工业基地改造优惠政策，刚组建几年的松浦电气有限公司又搭上发展快车，可以参照减免税率，还可以获得贴息贷款，对新技术开发也有配额资金支持，他感到机加市场的春天真的到来了。

邵杰又想，杨进全凭个人技术获得冠军实属不易。公司的老式数控机床属于淘汰设备，哪里能与福冈操作的日产最新型的数控机床相比？当今数控加工中心除了德国，再就是日本和美国了，中国的数控加工中心在精密加工方面根本上不了名次，需要加把劲儿赶上去。没有想到，杨进全利用国产设备居然赢了福冈！邵杰眼前浮现出杨进全单纯、瘦削的脸颊，很觉脸上增光。很快，新的问题困扰着他，那就是奖励的两万元不能全给到杨进全，按照公司的规定，应以千分之十奖励给主要人员，邵杰觉得太少了点儿，决定从奖金中再拿出五千元奖励给杨进全个人，其余的扣除参赛的其他费用，也所剩无几了。

听到公司的奖金分配方案，当天充当了啦啦队成员的张凤苏和小王心里不服，说咱师傅给公司争了这么大荣誉，公司应当另外奖励几千元。没增反扣，这太不公平。

张凤苏是一个能干的年轻人，他认为公司此举是平均主义，影响企业拔尖人才的积极性。杨进全在擂台赛上争得了头名状元，但其实并不轻松，因为他的对手是当今世界数控机床领域的顶尖专家。

杨进全这个业余选手击败了国际专家，也够让人扬眉吐气的了。

公司给他的奖金数额又让杨进全心里很纠结。他憋一股火，心里想不开，找党委书记齐平发牢骚，说这样分配实在不公平！齐平取出公司奖励规定，让他看后，苦笑道："你是亏了点儿。但公司明文规定，员工在科技项目、外围加工获取的奖金、报酬，按千分之十给予个人提成。你的奖励达到四分之一了，够照顾你的了。进全，该满足了。"杨进全没想到竟没地方讲理，心里愈加憋屈。他走在街上，让清爽的晚风吹拂发烫的头脑，还是感到心烦，便找了一家小饭馆灌了几瓶啤酒，喝得天旋地转。就在他喝酒时，旁边来了一个人，要了一碟菜和两瓶啤酒，自斟自饮。

杨进全喝到最后一瓶啤酒，泪水再也控制不住，默默流了出来。旁边的顾客对他说："啧啧，你喝酒咋流泪呢？"杨进全没有理睬他，继续喝酒，忽然觉得声音很熟。他再抬头一看，才认出是陈志成，见他衣着十分得体，而且满脸红光，甚为奇怪。早年，两家住邻居，陈志成比他年长十几岁，又同在一家工厂上班，彼此很熟悉。陈志成因聚赌事件东窗事发，被判劳教后，从此也就一蹶不振了。他能在小饭馆悠闲享受生活，这是杨进全没有想到的。杨进全说：“陈哥，你日子过得不错呀？”

陈志成夸奖说：“进全哎，你这回露大脸了！电视上老出名了，前途无量！”

“别提了！电视台奖给我两万元，公司只发给我五千，说起来真让人心堵。”杨进全情绪低落。

陈志成问清情况后，不禁替他打抱不平，说：“哪儿有这么对待你这样的大工匠的？我在袁天易手下混事，正好要找几个工匠，你不如过来，每月至少给你七八千的工资！”杨进全听了，心里暗自合计，自己现在每月只有不到五千元的收入，实在是少了点儿，真不如跳槽，找一个赚钱多的去处。他心里一动说：“陈哥，咱们兵合一处，再来两瓶啤酒，喝一会儿！”

于是，两个人喝得天昏地暗。

那晚，陈志成把杨进全送回了家。喝了憋屈酒，杨进全真的醉了。他母亲开门，惊叫一声，说：“进全，你这是咋的啦？”杨进全跌跌撞撞进了屋，说：“妈，你别……担心，没事儿！”虽然嘴上说没事儿，第二天杨进全还是病了，迷迷糊糊发起了烧，只得向公司请假，休息了三天。

杨进全在家养病，公司里传出小道消息，说杨进全不满公司的奖金分配方案，闹情绪了。邵杰得知情况，阴沉着脸说：“有啥骄傲的？上了一回电视，老虎屁股就摸不得了！”党委书记齐平对杨进全平日多有照顾，说：“邵总，杨进全对车工技术钻研到这种境地，真不容易，为公司争了光，这样分配奖金实在不公平。”

“你说该怎么分配？”邵杰脸色难看地瞪着他。

“这笔奖金是奖励优胜者的，你只给他几千元，他当然有想法。”齐平直言道。

邵杰的权威遭到挑战，愈加难堪，说：“公司有明文规定，应按比例与员工分成，他怎么好独吞这笔奖金？”齐平说：“这一点正是不公平的地方。咱公司为什么留不住人才？弊病就在这里。”

市长办公会开到中途，转了议题，徐文昌强调说：“八大庙开发项目是我市标志性工程，必须要抓好，不要再让百姓骂了。”曲孝忠一脸坏笑补充说：“徐市长的指示很重要。我是主管市政的，应该负起责任。我建议，组建由徐市长挂帅的八大庙开发领导小组，采取招标、竞标办法，选择实力较强的开发商。袁天易的桂普公司可以考虑进去，毕竟徐市长为了吸引袁天易投资，费了很大精力，而且也需要向桂普公司提供优惠政策……”

徐文昌听得不是滋味儿，“提供优惠政策”的潜台词就是让利，让投资主体获得实惠，也就是把应进国家腰包的钱转到企业的账上。曲孝忠的话太恶毒，分明是在给自己下套。徐文昌平静的脸上浮出一丝笑意，他摆摆手说：“对曲市长的讲话需要补充一点，我们引进桂普公司，目的是增强我市经济实力。大家想啊，他袁天易就是拥有广厦千间，夜眠无非七尺；纵有亿万财富，每日无非三餐。咱们不要怕他们赚钱，赚了钱，好发展经济，我们税收情况也会好转。况且他还可以用资金扶持地方企业嘛！”

“他的形象工程，也就是捐资建城隍庙，结果还缓建了，很让人失望。”曲孝忠嘲笑说。

徐文昌听得分明，曲孝忠是在推卸责任。将袁天易请回松浦市，是经市政府办公会决定的，并不是个人行为。曲孝忠得知袁天易捐资200万元重修城隍庙消息时，表示这也算一项“阳光工程”。重新修建的城隍庙不仅美化了市区，增添了亮丽的风景线，还为松浦市的旅游业增加了一处新景观。曲孝忠还说：“八大庙一带有多座庙宇，唯有城隍庙是我们松浦的特色。有了城隍爷保佑，天下人才滚滚而来。我相信，松浦市必将成为富甲天下、百业俱兴的好地方。”在市长办公会上，他又是这么表态的，十足一个变色龙。

徐文昌并不理会曲孝忠的这番言论，他大谈市政府办公大楼项目标书的制作、外环路改造工程和八大庙开发项目招标意见。徐文昌一再表示，一切都公开透明，坚决杜绝暗箱操作，要请专家组成评定投标小组。再就是如何帮助国企解困，如何利用红光厂闲置的厂房，安置待业人员。徐文昌表示，只要能安排就业，就是好企业。对优秀的企业家要给予表彰，安排进政协、当人大代表。

坐在小会议室里的几位市领导以及经委、计委主任都在不停地抽着烟，思忖着如何应对这次市政府大型招标会。这对于多年没有进行基础设施建设的松浦市来说，显然是一次发展机遇。

从窗口倾泻的阳光，携进火辣辣的热浪，虽然空调努力运转，每个人心头还是有浮躁感，浑身冒汗。大家都紧张倾听徐文昌的工作布置。有人猜测，徐文昌与袁天易早年在一块儿工作，这次又亲往北京把他请回来，大工程肯定非他莫属了。但他们听徐文昌强调工程竞标，又都有了信心。既然竞标，鹿死谁手还不一定。每个人眼里都冒出异样的亮光，气氛显得热烈积极了。

刚走进自己的办公室，曲孝忠尾随进了屋，说：“徐市长，有一件事我向你汇报……”

本想冷静下来，考虑一下省委纪委考察干部的汇报材料，他见曲孝忠进来，知道绕不开了，索性递给他一支烟，说：“好，你有什么事说吧。”

曲孝忠有一张英俊的脸膛，眉毛清晰，眼神儿明亮，显得英气勃发。他盯着徐文昌，像在察言观色，斟酌词句地说：“这次省里考察干部是有针对性的。据我所知，重点考察群众反响大，有不良行为的领导……”

“我不明白你的意思。”徐文昌早知道曲孝忠在省纪委有门路，不动声色地说。

“那个程志锐是一个重点人物。他把持规划审批权，大肆索贿受贿，在群众中反响极坏，有不少上访信点他的名……”曲孝忠抽着烟，他眯缝着眼睛似乎沉思，其实在观察徐文昌的反应。他不无快意地想，徐文昌不就是攀上邵欣这个妻子，才不把他看在眼里吗？这次，我看你徐文昌怎样抖落掉此事。

“如果证据确凿，市政法委、反贪局会组织一个专案组，坚决排除阻力，一查到底！”徐文昌答复干脆。

曲孝忠没想到，徐文昌的态度会这么坚决，他像被兜头浇了一盆冷水，熄灭了刚才的狂热。他小声说：“是不是建议市纪委……”

“老曲，你看干部比我有深度。怎么办，你拿出一个意见，我可以带到常委会上，在研究干部时把你的意见带上去。”徐文昌不紧不慢地说，表情也不咸不淡。

曲孝忠再一次发觉自己失策了，他暗暗责备自己，太不成熟了！他勉强挤出笑容，委婉地说道：“徐市长，你先忙着。工信局那边有一个会议，快到点了，我过去一趟，有事请呼我。”

徐文昌有些不解，工信局有什么会议需要副市长参加呢？他面露不满，轻声说：“工信局什么事？老曲，咱俩还得把今年市里几项工程敲定一下。”

按常规，凡是市政府立的项目，属于“市长工程”，别人根本插不进来。曲孝忠没想到，徐市长会这样依赖他，与他商量。他顿觉亢奋起来，连眉毛仿佛都充满血色，说：“徐市长，工信局的事挺多，我只能带两只耳朵听听，回来向您汇报。”

显然，曲孝忠对市财政能否支持市政工程丧失了信心。徐文昌说：“好吧，你去听听也好。从中央到省里，都对大型装备制造业十分重视，‘松浦电气’又是我市的龙头企业，更需要投入大精力扶持。”

曲孝忠离去后，徐文昌继续处理着公务。有时候，对于曲孝忠的挑衅，徐文昌会宽容地想，每个人性格中，都有无法让别人接受的弱点，再完美的人也一样，所以不要苛求别人，需要检讨自己。这时，他接了两个电话，其中有一个是袁天易邀请他参加晚宴。他问什么内容，袁天易含糊地说：“请徐市长听听我们公司的发展计划。”徐文昌笑道：“企业有自主发展权利，只要依照法律经营，政府不会干涉。袁总，我看免了吧……”

“哎，徐市长，请你务必过来，还有别的节目呢！”袁天易把“节目”两个字咬得十分重，这不得不让徐文昌多想了一二。

“好吧，我到时候一定抽时间去。哦，对了！袁总，你打算对红光厂怎样投资呢？最近市里计划召开工业会议，要对全市工业进行评估。我的意思是，在会议上把桂普公司的意见带上去，快一些启动企业改造升级。”

“我们会在一个星期之内把‘可研’拿出来，不会误事的。”

“对，红光厂你是内行，现在机加行业经过整顿，出现了前所未有的好形势。我想抓住这个好机遇，把发展这个蛋糕做大，这不正是你所期望的吗？”徐文昌语气很迫切。

电话那边，袁天易只是“嗯嗯”两声，他回到松浦市，经过一番考察，觉得八大庙一带开发有利可图，对兼并红光厂早已经失掉兴趣。

从工信局的会场出来的曲孝忠，从皮包里取出手机，拨打了冯爱仪的电话。冯爱仪接过电话，咆哮地吼道：“你这个死鬼，又跟谁鬼混去了？你总失信！我打了半天电话，你始终关机！”

“爱仪，你听我说，刚才我参加完工信局一个会议，连招待饭都没吃，正往你那儿赶。”曲孝忠对又辣又任性的冯爱仪毫无办法，只能加快车速，尽早与她见面。

纷乱的车流从他眼前掠过，过了前边的住宅小区，就到冯爱仪的私邸了。想到她含情的眼睛和精巧的嘴唇，曲孝忠浑身透出燥热。这时，手机又响起来了，曲孝忠见是徐文昌的手机号码，不敢怠慢，接过来，说：“徐市长，你有事吗？我刚开完会在往回赶。”

“老曲，马上回来！省里纪检组明天来咱市检查工作，你无论如何要组织相关部门拿出一个汇报提纲。哦，还有，八大庙的开发有几个公司想竞标，你牵头组织一个领导小组，接待并负责向竞标的公司解释咨询的问题。”

“好，我马上回去。”曲孝忠回答得十分爽快。

从道口开车返回市政府需要十五分钟，曲孝忠没有忘记给盼他眼穿的冯爱仪打个电话。冯爱仪恼火地嚷嚷：“你曲孝忠真够薄情寡义。我等你，连班都不上了，你小子却借口不来了。”曲孝忠开心地笑了，小声解释说：“小懒猫，别急嘛。今晚我就在你那里留宿，陪你玩儿个够！”

这天，邵欣把正忙公务的徐文昌唤回了家，要吃一顿团聚饭。徐文昌从邵义德那里得知陈志成在桂普公司打工，显得很高兴。陈志成多次找他，要求他帮助安排一个差事，徐文昌一直挺为难，陈志成没甚文凭，又是嗜赌如命的人，弄不好会牵连自己。徐文昌每次都推辞说，以后有机会再说，这事也就搁浅了。袁天易此举，虽然是看在兄弟情分，但也算替自己解围了。邵欣说：“市政工程里有活儿，拨给袁天易做做，也算对他安排志成的报答了。”徐文昌反驳说：“不成！松浦市需要照顾的施工队伍很多，那还有完吗？市政府早做好规划，一切工程建设采取招投标确定施工单位。”

邵欣又说：“文昌，那凤鸣的公司也挺有实力，你要不扶持他一下？”

徐文昌对钟凤鸣并无好感，源于这几年建筑市场微妙的格局。徐文昌把持全部市政工程的发包权，并且倾心扶持市里几家国有建筑公司，他们会将获得的工程分包出去，这样也能带一部分小公司的员工有活儿干、有饭吃。钟凤鸣可谓是无孔不入，他对市政工程总想插一手，可他施工的质量又很是堪忧，让人难以将工程放心地交给他。

“钟凤鸣心里只有钱，他是很危险的人物……”徐文昌冒出这么一句话。

尽管钟凤鸣抓住邵欣的小辫子不放，让她从徐文昌那里要工程，可是从未难为她，近日还要聘她为公司名誉董事长。邵欣极力推辞，钟凤鸣却说："邵姐，你是无形资产啊！有了您，我们公司才兴旺发达。"

奉承话说得邵欣飘飘然，自己不贪不拿，谁又敢指责她，说长道短？可徐文昌对钟凤鸣印象不佳，他从红光厂调出以后，并不安心上班，一直到处钻营，希望有发达机会。邵欣早就料到徐文昌对钟凤鸣的评价，笑道："不看僧面看佛面，是钟书记把你扶持起来的，他儿子办公司，咱们总要帮扶一把呀！"

徐文昌敏感地注视邵欣，猜度不出她凭什么对钟凤鸣那么支持，而且到了过分的地步。为了钱财？邵欣不缺钱，也对索贿受贿深恶痛绝。为了一种感情？徐文昌想象不出缘由。他不痛快地说："欣欣，以后不要提钟凤鸣和他的公司，让他们自主发展。如果想把我送进监狱，你明说！"

夫妻俩谈得很不愉快。徐文昌认为邵欣总在想影响他的决策，尤其是在市政项目上，因为这是有油水的工程，各个建筑公司都盯着呢！他若一步不慎走错了，兴许会翻身落马，遗憾终生。

从丈夫阴沉的表情上，邵欣意识到自己失言了。她又把话题转到法院最近接到检察院一桩公诉案子的事上，那是一家科研单位与建筑单位的合同纠纷。徐文昌借题发挥说："市政工程只有通过招标才能避免这种现象发生。暗箱操作，一把手说了算，早晚会出问题。"

邵欣见徐文昌这种态度，也无话可说。眼看市政工程招标开始了，钟凤鸣又催得紧，她无计可施。

一天，邵欣在办公室里归拢卷宗，这是一些已经结案的材料，按照规定需要及时归档。忽然，程志锐打来电话，要请她喝酒。

“我挺忙，没时间。”邵欣听到程志锐的声音，顿时心情好起来，可是她没有闲情逸致，便这样搪塞说。

程志锐热情地说：“邵姐，我在新安道口的四川酒家等你。我知道邵姐对麻辣风味的菜感兴趣。”

“还有别的人吗？”邵欣谨慎问一句。

“当然没有别人了。”程志锐油嘴滑舌地说。

程志锐对邵欣，一直以来像亲姐姐那样相待，所以邵欣并没有多想。她处置好卷宗，见快到 11 点钟了，想着徐文昌不在家吃饭，勤勤又住校，她也乐得轻闲，便打出租赴宴去了。她走到饭店门前，有一位侍应生礼貌地迎上来说：“邵阿姨您好，程处长在贵宾厅里等您呢！”他领着邵欣，上了三楼的贵宾厅，一推门，邵欣触了电一样，只见袁天易正坐在那儿似笑非笑地望着她。

第八章

为了安排这么一次会面，程志锐可以说费尽心机。用电话与袁天易联系上后，程志锐利用自己的社会关系，替桂普公司打开不少门路。松浦市原本就不大，程志锐又是个人物，信息量掌握得多，没有不知道的事儿。他听红光厂一个退休老师傅说，袁天易曾经差一点成了邵义德的姑爷。程志锐察觉到什么，想着要从中做做文章。一次酒宴后，客人陆续离开，程志锐开门见山地对袁天易说："袁总如果当初与邵欣姐结成，兴许现在的市长就不是徐文昌了！"袁天易听后吃了一惊，环顾左右。程志锐哈哈大笑，他阴险地说："除了你我，再就是天知地知了！袁总，欣姐可是最有利用价值的人了。"

"言过其实吧？"袁天易瞄了他一眼。

"撒谎是犊子！"程志锐眼瞪得如牛卵。

袁天易不想忆旧，因为他不想揭开伤疤。谁揭开旧日的伤疤，心里都会痛苦的。袁天易没有忘记取出那枚硬币，用嘴呵呵，心里默默祷告着，然后搁在手掌里晃动几下，抛到桌面上。硬币旋转几下，他立刻用手掌捂住硬币，好像担心飞掉，然后闭目而思，嘴上唠叨几句祈愿话语，轻移开了手掌，睁眼看见硬币是字面，露出悦色，这乃吉象。于是他坦言相告，很想私下见邵欣一面，只是苦于没有机会。

“那有什么难的？我负责！”程志锐打了包票。

当邵欣坐在桌前面对袁天易时，她才明白这是程志锐精心布置的一次见面。她努力让自己平静下来，注视着袁天易缺乏个性的脸颊，却回避过去的话题，只说：“你干得不错，把一家公司办成这么大规模，很有本事。你有什么事需要我，尽管说！”

“我公司想聘你当董事。”袁天易目不转睛地注视她。

邵欣微微一笑，呈现出少女时代的妩媚，她坚决摇头说：“那不成。假如桂普公司有什么经济纠纷，可以向我咨询。经营方面，我不能涉及。”

“那好，就请邵姐担任桂普公司的法律顾问。”程志锐插话。

邵欣十分反感地看他一眼，她知道程志锐想从中套取好处。很显然，是他俩精心布置的这次会面，而且目的性十分明确。别以为这种聚会很“小资”，很有情调，温吞吞的充满怀旧情结，实际上布满了刀光剑影，也充满了陷阱。程志锐只要抓住邵欣的弱点，就抓住了她的小辫子，让她心甘情愿为自己效力。邵欣是一名法官，见得多了，她头脑清醒着呢。

“法律顾问我不当，需要我时，只要不违法，喊一声，我会尽力主持公道的。”邵欣婉拒了这虚衔。

袁天易发觉邵欣尽管还是那么恬静，甚至还留有少女的纯真，可处理事情滴水不漏，甚至很老练，很难驾驭。

程志锐看出邵欣带有某种顾虑，这是他事先没有想到的。干大营生，不套牢关键人物难以办事。他朝袁天易使个眼色，佯装喝多了，说：“我去方便一下，你们先聊。”

他离开单间，屋里只剩下袁天易和邵欣了，马上产生了别样的气氛。袁天易注视着邵欣，用动情的语调说：“你还是过去的样子，没有变化。”

邵欣内心紧张，她担心袁天易会说一些难听的话。他为自己的初恋打上了许多痛苦的烙印，不堪回首。可此刻，她发现他已经原谅了自己，心才平静许多。

岁月多么冷酷，能让人勾起许多回忆，也让世间的爱被冲淡。本来，袁天易应该恨她薄情，现在却能坐在一起，平静地对视着。当然，在过去的岁月里，他们都选对了适合自己的位置，一个是实业家，一个是市长夫人。她苦笑道：“我老了，不是吗？”

“有多少年没见面啦？”袁天易刚抽一口烟，想起邵欣最讨厌烟味儿，又掐灭了，“我知道你不喜欢抽烟……”

“谁说的？你给我一支。”邵欣接过烟，吧嗒两口，徐徐吐出一口烟，袁天易看得出神了。

“你也会吸烟？”袁天易莫名兴奋起来。

“不错，时间会改变一切的。哎，你用啥眼神看我？坐下。天易，这些年你过得不错呗？”邵欣说，表情平静，但内心掀起些许浪花，“那天你带的小妮子叫什么来着？真的是秘书还是别的什么人？”

袁天易总觉得这番话不像邵欣能说出来的，可偏偏是从她嘴里吐出的。他说：“欣欣，在我心里对你一直留有好感。这些年，我真不知道是怎么熬过来的。你有了自己的幸福，可我没有，那个黄脸婆早已与我分心了，我只能再找一个女人，最好像你一样。卓亚雪不像你吗？”

邵欣被感动了，这是真诚的感动，没有丝毫的虚伪。多少年了，他还记着自己，假如当初真的嫁给他为妻，或许也不枉人生一回。她真诚地说：“你真行，干这么大事业……”

“咱们有缘没分。假如不是因为你，我不会早早地从红光厂退下来，也不可能在经济上获得成功。”袁天易说，“老徐对你好吗？”

“好，好！”邵欣一直认为徐文昌是个优秀的男人，是一个很看重家庭的丈夫。

话题到了这里似乎全部说完了，邵欣回头望望门，外边的大厅里传出程志锐高亢的歌声。袁天易为邵欣夹菜，说：“我回到松浦，完全是为了支持徐文昌的工作，你也得支持我。比方说，市政工程这一块儿帮助多争取一些。”

邵欣苦涩笑道：“你以为我能驾驭老徐吗？他那个人，主意正，容不得枕头风。”

“真的那么清廉？”袁天易目光具有穿透力，字斟句酌地说：“据我所知，钟凤鸣的事儿你没少帮忙。就是这次市政工程，你也为他没少想办法……”

“你的消息好快哦！”邵欣掩饰住自己的窘态，不想让他窥视到自己的内心，“钟凤鸣我确实想帮助，可真正起到作用的不是我。你知道，他门路比我宽多了！”

袁天易不想与她深一步探讨。有一些事谁又能说得清楚呢？他只是简洁地说：“欣欣，你记住，天易没有忘记你！”他喊来了程志锐，在账单上签了字，便送意犹未尽的邵欣出门，“下午你还有工作，就不打扰了！当然，这种相聚我希望经常举行……”

那天下午，邵欣内心总像压着一块石头，高兴不起来。她想查阅一份抢劫案的卷宗，因为辩护律师声称找出了新的证据，要求上诉。这个世界就是这样，一边是忙碌的人们，另一边是犯罪的滋生。她忽然觉得自己像在被命运挤压：一边是两个渴望发大财的商人，另一边是当市长的丈夫。她无论如何也难以摆正自己的位置。从一位妻子角度来讲，她理应竭尽一切支持丈夫公正地理政；从一位法官的身份来讲，她也对官商勾结深恶痛绝。可是现在，她则如风筝一样被他们扯住，无所适从地任其摆布。

事实上，她为钟凤鸣做了许多事，可并没收过任何好处。她应当是一个贤惠的市长太太，一个执法如山的女法官。她不晓得自己能否称职……

第九章

经济的奇妙魅力就像磁石效应。袁天易回到松浦市两个月，就创造出一系列的成就：桂普房地产开发公司、桂普建筑工程公司、桂普实业开发总公司……袁天易自任总裁，在中环路一幢大楼设立了办事机构，每天都有车水马龙的来访者，有的是来应聘，有的是来洽谈合作，更多的是袁天易的老相识、老同学、老赌友。每一个来访者借口兴许有异，目的却惊人的相同，那就是想借他的“大树”好乘凉，谋一个职务干点儿什么。

袁天易对来访者明确表态，桂普公司实施人才战略，人尽其才，物尽其用。凡是来桂普公司的人，都可以考虑安排一个适当的工作。不过，每一位应聘者必须缴纳五千块的抵押金。

对于普通百姓来说，五千块钱不是小数目。但很多人对这棵“大树”抱着极大的希望，掏钱为子女买工作的人真不少——桂普公司是市里引进实力雄厚的大公司，老板有上亿元资产，能贪了百姓的几千块钱吗？况且在这样的大公司上班，日后必然前途无量。

接待办的人一时忙得团团转，想上班的青年男女围着江润生问这问那，眼里闪动着光泽。江润生突然发觉老板把蛋糕做得太大了，他让手下工作人员收报名者的抵押金和身份证复印件，然后让他们登记，并告诉应聘者，企业一旦投入开工建设，即刻告之上班。

当然，他忘不了为几个新成立的公司物色人员，有会计资质证书或是会水暖、电工的应聘者能抢先上班，每天工作量又不多，不忙不累，大家干得很开心。

江润生和袁天易在红光厂上班时，两个人私交很好，他下岗买断后，东扎一头、西扎一头，一直没有赚到钱。听到袁天易发达后，他找到了袁天易，被安排当了个中层干部，担任“桂普总部”的办公室主任，负责一切内务。他见门前垃圾堆积了挺多，有碍形象，便唤来一众应聘者，让他们动手打扫卫生。此刻，一个衣服破旧、面带病容的中年男子走到了江润生的面前，问：“袁老六在吗？”

“这里哪有袁老六？”江润生不耐烦地说，“你找错人啦。”

“就是你们袁老板，告诉他，三哥来了，他认不认？”

“你是谁的三哥？我从来没听说袁总有什么三哥呀。去，去，别在这里骗人啦！”

那人并不与江润生解释，从衣兜里摸了好久，终于掏出一枚硬币，他两个手指夹着，眯缝着眼睛瞄了瞄，双手合掌，摇了摇硬币，拍在石阶上，欢天喜地喊道：“老六在这儿，他一定会见我！”

江润生投奔袁天易后，对袁天易的习惯与嗜好了如指掌，觉得来者不同寻常，忙堆出笑容说：“这位先生，您别急啊，容我通报一声。”

他登上三楼，站在总裁办公室门前，听见里边传出卓亚雪撒娇般的笑声，又觉不是进去的时候，只好搓着手，候在门口。屋里传出卓亚雪的声音："你叫我逛街，这屁大的地方，有啥好逛的？哪天，你陪我到省城看看还差不多！"

"小雪，一会儿徐市长来，我们研究公事儿……"

"听你的意思，还挺保密呢？"卓亚雪有点不高兴了。

袁天易好言安抚她说："徐市长专程来研究桂普公司开发项目，与你也没有什么关系。"江润生明白此刻进去无伤大雅，便敲敲门，进了屋，毕恭毕敬地说："袁总，有一个自称是你三哥的人求见……"

"我哪里有什么三哥呢？"袁天易不屑地呷口茶说。

江润生观察着袁天易的表情，小心地提醒一句："他称你是袁老六，是不是——"

"是他！"袁天易的表情复杂，他缓缓地抛动那枚须臾不离身的硬币，"早不来，晚不来，偏偏这工夫来……让他进来吧！"

看出老板脸上的为难，江润生下楼后对自称"三哥"的来者说："我们老板心情不好，说话要当心呀！"

那人笑嘻嘻地说："得！他心情不好与我有什么关系，我心情好就行呗！"

他随着江润生大摇大摆进了楼，看见装修豪华气派的办公室还有衣着光鲜的接待员，甚觉亢奋，说道："六子发财啦！"那神态，恍如刘姥姥进了大观园。

他踏进总裁办公室，见了袁天易，显得格外亲热。他坐在袁天易的总裁椅上，跷起了二郎腿，美滋滋地说："老弟发财了！老弟日子阔气啦！"

卓亚雪有些嫌弃地说："我说你这个人也不晓得这把椅子该谁坐呀？"

"六子坐的椅子，我顾老三也坐得！"顾老三注意到卓亚雪的存在，很仔细地打量着她，嬉皮笑脸地说："哎，六子，这小女子模样好俊俏呀，准保是你相好的！哈哈……漂亮的小妞。"

"顾俊喜，请你文明一点儿！"袁天易发脾气了。

顾俊喜愣住了，怯了，慢慢溜到沙发那里坐下。袁天易示意江润生和卓亚雪离开，考虑如何打发顾俊喜。见袁天易冷冷的表情，顾俊喜甚为不安，讪笑道："六子，别忘了牢狱之灾时，咱哥们儿的情谊！"

"我是顾忌面子，没给你难堪！"袁天易怒气冲冲地说，又沉思一番，取出一沓钱，"这是一万块，你拿回去，做一个买卖，有困难再找我。"

"六子，不，袁老板，咱们在西原劳改时不是发过誓，有福同享、有难同当吗？现在你发财了，就他妈不认识人啦？那好，我走！"顾俊喜刚出门，袁天易又喊住了他。袁天易打量顾俊喜一番，叫来江润生，把那沓钱递给江润生，吩咐说："给我三哥买两套行头，要好的。剩下的钱给他做零花。再给他安排一个住处，最好还能在公司里给他找一个能陪人的女人。"

顾俊喜满脸堆笑地说："这才是我的好兄弟！"

第十章

从来没有自信心的杨进全，此刻才真正发现自己存在的价值。许多人一事无成，因为他们低估了自己的能力，妄自菲薄，以至于看不见自己的作用。他在省电视台的“工匠擂台赛”上发挥出色，连克五个对手，名气大起来，但收入并没有增加，奖金也被减掉四分之三，让他心头纠结。

这时，陈志成撺掇杨进全跳槽，到桂普公司当技工，每月收入比松浦电气高一倍。但杨进全觉得袁天易这个人不靠谱，凡事以赌徒心态对待，很难成气候，权衡利弊，他最终没有选择跳槽。

俞伯琴是一个性格开朗、举止大方的女孩儿，她是绿太阳株式有限公司的业务员，凭她的巧舌如簧，给这家日本企业争取到了大笔的订单。俞伯琴曾经是杨进全的徒弟，天生长有一副狐媚面孔，还有高挑的个子，处处充满美女的范儿。当今这类美人是最有价值的“畅销货”，所以她快到而立之年也不急于出嫁，大有“待价而沽”的意思。据说，她与绿太阳株式有限公司的总裁小野私交甚密，但那只是社会传言，至于究竟怎么样，只有俞伯琴自己说得清楚。今晚，她奉小野指示当说客，特意约杨进全在饭店见面。

俞伯琴约自己，杨进全再没有时间也要见面。这并非是礼节，而是他自己想见这位曾经的女弟子。包房里有一种暧昧的气氛，俞伯琴还是那么俏丽，让他一见面就有些激动。他见她那细润黝黑的长发，披散在肩头，再见那俏丽的嘴唇一张一合如吐莲花，心不禁被俘获了。俞伯琴告诉他说，日资企业要“收编”他，而且许给他一个“官儿”，这让他不禁心动。想到自己凭能力在高手如林的“工匠擂台赛”上力克群芳，还打败了日本人福冈技师，脸面大得很。如今走在街上，有认得他的人还对他伸大拇指，称赞他为中国人争了光、扬了眉，可他反而高兴不起来。岂止不高兴？他一直还为那笔奖金耿耿于怀呢！他至今还与老母亲生活在一起，没有哪个姑娘肯嫁给他。假如他拿到了全部奖金，将寒酸的小屋装修一番，兴许会有一只凤凰飞进他怀里呢！为此，他委屈、不服，但也只能自认倒霉了。那天，邵杰给他看了《松浦电气有限公司关于员工奖励实施方案》，并告诉他这个数是公司对他的格外垂青，否则会更少。杨进全感到不服，又无处讲理去。今晚，俞伯琴请他喝酒，开始让他感到意外。后来他听出了“话音儿”，是想鼓动自己跳槽，改换门庭。当然，只要他答应了，生活就会得到改善，不过，杨进全还是高兴不起来。他那南瓜一样的脑子转悠了好久，眼神儿阴沉地盯住眼前的“说客”——比他小两岁的俞伯琴。

俞伯琴没有那种女孩儿的羞涩，充满了熟女的大方与无所顾忌，让杨进全感到陌生。

只听她说：“小野先生提出的条件很诱人。只要你过去了，保证年薪 10 万元，还给你配备一台丰田车，至于你的个人问题嘛……”俞伯琴停了一下，微微一笑，眼睛会说话般眨动，释放出连傻瓜也能看明白的信号。

杨进全知道俞伯琴一直单身，她思想开放，与那个小野总裁关系密切。他觉得俞伯琴本应当找一个好男人嫁出去，过安稳的生活，可她却愿意当交际花式的人物，这让杨进全甚为不解。漂亮的女性年轻时恣意挥霍自己的青春，一旦步入迟暮，回首再看，繁花已谢，后悔的还是自己。不过，杨进全还是被她的条件打动了。人都有向往理想生活的自由，跳槽没什么不好，关键这种选择是否值得。过去，他刻苦钻研车工技术，从徒弟成长为师傅，带了俞伯琴，两个人在一个班组干了三年，彼此有了更多接触。俞伯琴当车工，杨进全手把手教她，让她学会启动车床、进刀、调整程序，两个人午间坐在车床边儿吃饭。有一次，俞伯琴的手指头被铁屑扎破，流了很多血，疼得她直跺脚。杨进全将她的伤口处理后，用创可贴给贴上，还仔细观察了伤口。其实，杨进全是在看她的手指头，那么白嫩，像剥皮的葱白，让他不忍松开手。

杨进全是一个性格内向的人，悄悄喜欢上开朗大方的俞伯琴，却从来不敢向她表达爱意。俞伯琴也是一个任性的女孩儿，她追求幸福生活，这本身没什么错。谁活在世上不追求幸福？这个同班组的小徒弟过早地看出，自己当机加工人没有什么前途，便及早放弃了国企员工的身份，投奔了小野的绿太阳株式有限公司，现在日子混得很不错。

绿太阳株式有限公司成为唯一落户松浦市的外资企业，主营装备加工业，是松浦电气有限公司强有力的竞争对手。“绿太阳株式有限公司”本应为“株式会社”，考虑中国的企业称呼，改成了这种中日“混血”的名字。俞伯琴从此像变了一个人似的，她衣着华丽，浓妆艳抹，奔走于附近城市几家大型汽车企业，与松浦电气有限公司抢生意，往往不遗余力。从那时开始，俞伯琴跟杨进全的关系淡了，甚至不再联系了。俞伯琴突然给他打电话，还加了他的微信，这让杨进全很是意外。“绿太阳”的“当红花旦”怎么会突然找他？而且还在海鲜楼里会面？杨进全听了她的一番话后，马上明白了她真实的意图。商界精英真是“无利不起早”啊，若非有所图她早就忘掉杨师傅了。

杨进全坐在舒服的椅子上，有点儿手足无措，况且又是女徒弟宴请他，总让他感到缺乏底气。“杨哥，您吃，别搁筷。”俞伯琴劝说着，亲自夹了半个鲍鱼，放到杨进全的碗里。

杨进全是30岁的人了，头一次进这般排场的酒店，吃这么奢侈的菜肴，这让他感到局促不安。俞伯琴吃东西时，举止优雅，见杨进全迟迟不举筷、默不作声的样子，俞伯琴粲然一笑，牙齿在灯光下显得格外洁白。“吃呀，你别客气。”她劝着，眼中划过多情的一瞥，杨进全差一点儿被她的温情俘获了。

“俞伯琴，吃这么贵的菜太奢侈了！”杨进全盘算，他要车出三千多个件才能付得起这顿饭费。可是俞伯琴仿佛化身成了提款机，只要她用卡刷一下，什么事情都解决了。

俞伯琴轻声一笑，发觉师傅客套得太离谱。对她这个当红的业务员来讲，山珍海味已经吃腻了，她向往吃绿色、原生态的东西。今天请杨进全，不过是个小意思，她也有自己的目的。两个人吃这顿饭，颇有“鸿门宴”的色彩：一个急于得到对方的承诺，好向小野先生报告消息，以便邀功请赏；另一个却是不肯表态，心里存着顾虑，杨进全不愿意给日本人工作，尤其不想见到那个福冈。那天他与福冈对决，这个小日本显得太猖獗了，他在台上放出狂言，说他们日本产的数控加工中心是天下最优良的机器，还引用中国古代名言，什么“工欲善其事，必先利其器”，似乎没有日本产的数控加工中心就加工不出精密标准件了。杨进全不服他这一套，几个回合让福冈吃了败仗。中国机加设备确实略微落后于先进国家，可是有优秀的工匠，以此补拙，也生产得出高尖端的装备！

俞伯琴摸透了杨进全的脾气，对他急不得。天下没有傻心眼儿的人，她提出的条件够诱人的了，任何人都会动心。杨进全没有立刻表态，但他会斟酌一番的。他所在的红光机械厂原属于军工企业，即所谓保密厂。改制后，很多人不再留恋老企业了，对国字号企业不再依赖，跳槽是必然的选择。俞伯琴跳槽了，现在成了日本独资企业的员工，收入颇为可观。当今人太现实了，哪个人不去攀高枝？她相信，靠技术吃饭的杨进全不会傻到连数字都不认识了。他这棵大树迟早会被别的企业挖走，兴许会带出来一帮徒弟！这也正是俞伯琴所期待的。

“你参加这次擂台赛得了冠军，挺轰动的。那个叫福冈的日本技师可惨死了，至今日本总公司不准他回国，听说他的海外津贴也被取消了，现在他挺上火。”俞伯琴开心地笑着。

杨进全听后，很是怜悯福冈，他只有 40 多岁，正是养家糊口爬坡的时候，可是赛场也是战场，哪能轻易让人？况且又是电视直播，千万双眼睛盯着，谁也不肯让谁一步。他由衷地赞叹说：“那个日本人技术挺棒，精通数控程序，是一个专家。”

“他开拓中国市场出师不利，大大影响了他的收入，恐怕日后晋升没有希望了。”俞伯琴叹息一声。

“西方世界奉行残酷淘汰制，缺乏人性。”杨进全叹道，“你的老板相中我哪一点了？”

“技术，这一点毫无怀疑。”她肯定地说。

杨进全苦笑，心中有种莫名的滋味。俞伯琴见杨进全吃得少，话也少了，认为火候到了，便开始聊起老厂子的旧事故友。军工产业转为民品生产企业，红光机械厂经历过阵痛，很多技术人员流失了。有的下海经商，有的出国“淘金”，更多的老职工直接退休了。杨进全初中毕业，赶上改制的红光机械厂挂上“松浦电气有限公司”的牌子，招了一批新员工。杨进全报名时，因为他只有初中文化，险些被人力资源部经理袁有才“刷”了下去。幸亏他遇到总经理邵杰，见杨进全身体结实，一副憨厚长相，更重要的还是本厂子弟，才让袁有才留下了杨进全。哪里知道杨进全干活努力，且又肯钻研技术，无论严冬与酷暑，坚持在机床上练功。冬天的车间里很冷，杨进全从不戴手套，他要找手感。机加技术很好掌握，但达到人机融为一体很难。杨进全具有天赋，迅速掌控了这台老掉牙数控机床的性能，竟很快能独自上车床了。经过刻苦钻研，他车床技艺日渐精细，还对车床、刀具进行技改，成了工厂的技术骨干。

至于俞伯琴熟悉的江润生、魏东诚、车间主任李卓、车工技术骨干孙志斌等人，早就离开了工厂……

俞伯琴突然说：“魏东诚这人怎么样？”

“你说的是咱厂的副总工程师？”他抬头看俞伯琴，发现她唇边有一粒小痦子，恰到好处长在那儿，显得她十分俏皮。

“对呀，就是魏工。”俞伯琴不紧不慢地说，“他也跳槽了。

他现在是小野先生的助手，听说要请他当副总经理，他不干。”

“这就奇怪了，既然往好地方奔，为啥不肯高就呢？”杨进全琢磨不出其中的奥妙，苦笑着摇头，“臭知识分子，迂腐！”

他话音刚落，俞伯琴的手机传出《陪你一起看草原》的铃声，俞伯琴喜欢浪漫的歌曲，尤其喜欢充满情调的爱情歌曲，她把《陪你一起看草原》设为手机铃声，让人颇有一番想象。

俞伯琴接过电话，叽里呱啦地说了一通日语，然后挂断电话，满脸春风地对杨进全说：“杨哥，我的老板听说你在，他想要见见你，和你谈谈，他对你很看重！”

“你说的是那个小野？”杨进全瞪大了眼睛问。

得到俞伯琴肯定的答复，杨进全胃口皆无，他望了俞伯琴一眼，说：“没这个必要吧？他是老板，你我只是私人交往，与公事无关，我看就免了吧！”

“别、别！我这个老板虽然是日本人，中国话说得可溜啦！可以说，他是一个‘中国通’，特别珍惜人才。”俞伯琴一再坚持，杨进全迟疑了。这时，服务生推开了包房的门，露出小野甜腻的笑脸。

现今的日本国，受到现代化工业影响，年轻人普遍个子细长，这是城市化的后遗症。小野却是一个例外，他个头儿不高，身材横向发展，大量肥腴的脂肪塑造出浑圆的体态，胖嘟嘟的脸庞像动漫里的胖娃娃，灿烂的笑容挤歪了五官，给人一种假惺惺的印象。不过，小野是一个手眼通天的人物，他把“绿太阳”管理得井井有条，利税惊人，成了松浦市重要的纳税大户。

小野为人低调，见到了杨进全，哈腰鞠躬，热情地说：“进全君，久仰，久仰！”

杨进全还是头一次见到小野，暗想，肯定俞伯琴向他推荐过自己了，脸上便有了几分自得，不卑不亢地握住小野的手，说："我只是一名干活儿的，哪里值得小野先生恭维？"

小野的眼睛很小，他听了杨进全的话，立即瞪大眼睛说："进全君，此言差矣！21世纪什么最重要？人才！没有人才、没有技术、企业，可以说国家就会丧失竞争力！尽管贵国高调喊出'人才是发展的重要资源'，我看不尽其然。贵厂的魏总工程师，现在是我的技术总监。而进全君是厂里的技术骨干，现今工资待遇如何？住房问题、交通问题得到解决了吗？假若您在'绿太阳'效力，肯定也是技工总监了，哈哈……"

俞伯琴接他的话头说："杨哥可是大牌工匠！他车出的活塞，个个是精品！"

小野扶扶眼镜，说道："我看好进全君的技术！上周在省电视台举办的技工技术大赛上，进全君技压群雄，连本社福冈技师都被您击败了，真乃神手，本人佩服！"

杨进全被他的恭维话说得心里飘飘然，竟然觉得面前的一切都不真实了。他又瞥见俞伯琴脸上虚假的微笑，不禁心头一震。俞伯琴是他的所爱，是他一直苦苦追求的女孩子。张凤苏曾经劝他说："你俩不是一路人，该放弃就放弃吧。"杨进全也曾动摇过。但当与她再次见面后，杨进全的内心重燃炽热的爱火，难以割舍的爱令他迷恋。其实，爱有什么罪过呢？一个人爱另一个人，是人起码的本能。他爱俞伯琴，如痴如狂，割心绞肺。当她配合小野试图说服他，让他投奔"绿太阳"时，他才清醒地意识到，他与俞伯琴果然不属于一路人，她只是小野集团的一个业务员，从她含情的眉眼中可以看出，与小野有几分暧昧，这让她在杨进全心里顿时大打折扣。

提到了省电视台举办的工匠技术大赛，杨进全心头多了几分自豪，那次他的车工技术发挥得淋漓尽致，连福冈都对他刮目相看，这让他没有想到。福冈是日本通用机床株式会社的专家，他操纵数字机床得心应手，而且切削技术准、稳、快，让同行叹服。至今，福冈还是日本通用机床品牌的形象代言人，经常出现在世界各地的电视、报刊广告上。杨进全只用国产的普通数字机床，打败了操作先进数控加工中心的福冈。

杨进全还没有来得及细细回味当时的情景，小野又对他说："进全君，俞伯琴小姐对您也讲了，希望您现在就到我的'绿太阳'工作，薪水待遇都好说。假如您之后再来，情况便不好说了……"

杨进全没听明白这句话，将目光投向俞伯琴。俞伯琴正往脸上补妆，涂上一层淡蓝的眼影膏，仿佛隐藏了本性。她解释说："小野先生正与市政府洽谈，打算整体购买咱们红光厂，建一处大型装备配件加工基地。"当地老百姓习惯对松浦电气有限公司沿用旧名称，即红光厂。这里除了旧情，还有一丝眷恋与自豪。原先红光厂是那么神秘！当年，军工企业都要实行半军事化管理，也是松浦市的招牌企业。杨进全听说"绿太阳"要整体购买红光厂，刚才那股倔强劲儿顿时消失了，他低声说："小野先生也是为我好，那么，容我再想想。"

"哟西！"小野赞赏地喊了一声，腰板挺得溜直。

俞伯琴兴奋得不得了，她拉住杨进全，喜笑颜开，说："进全哥，我送你回去。"

本来，俞伯琴是个纯真的女孩子，她从松浦电气出来，后来到“绿太阳”当业务员，干得风生水起，为“绿太阳”承揽了不少活计，也让“绿太阳”在发动机市场有了名气。总裁小野听说俞伯琴业务绩效最好，出于联络感情，请她吃了饭，饭局间，小野对俞伯琴产生了别样的情愫，一来二去，也就发生了男女关系。时间久了，两人之间便变成了所谓的“包养”关系。

所谓包养，衣食住行无所不包。俞伯琴当时只有羞愧、耻辱与不安，她顾不得去想什么。小野后来还送给她一套住房，俞伯琴便顺理成章地搬了进来。

从此，两个人忽冷忽热地来往。日本男人的强势，渐渐也惹火了俞伯琴，两个人经常吵架，现在两个人已经形同陌路了。

小野的“绿太阳”只是日本富士山通用机床株式会社的分厂，出于让中国客户接受他们产品的目的，他们在中国用“日本富士山通用机床有限公司”称呼，其实什么样的称呼不要紧，达到效益最大化才是目的。这些天，小野频繁奔走于中日两国，总公司授权他负责并购红光厂，项目到了冲刺阶段，忙得很，他肯在这当口拉杨进全跳槽，也算用心良苦。松浦电气靠几名优秀的工匠，获得大批订单，加上邵杰坚持独立自主经营方针，对“绿太阳”已经形成巨大压力，也使并购计划产生了意想不到的阻力。小野计划挖走松浦电气全部技术人才，使邵杰无良将亦无精兵，加工质量垮掉，倒了牌子，到时候自会拱手相送。小野美美地想，兴许每年只需象征性给一笔租赁费用，市政府还会夸“绿太阳”替他们背包袱了呢！

小野没有想到，他与松浦市政府的谈判进行得那么不顺利。主要原因是，他本想请副市长曲孝忠从中帮忙，却没那么顺利。再就是并购遇到了来自邵杰和袁天易的阻力。邵杰坚持走自主发展道路，计划筹措资金更新设备。假如能向松浦电气出售数控机床，“绿太阳”可以从中赚足了钱；但松浦电气一旦增强了机加能力，潜力不容小觑，必定成为“绿太阳”强有力的竞争对手，后果不可想象。至于袁天易并购红光厂的行为，目的是整片拆除厂房开发房地产，对小野他们形不成威胁，可以忽略不计。

小野暗自权衡利弊，觉得袁天易值得利用，他忧虑的心才得以放松，开始考虑如何大量吸收松浦电气的技术骨干，彻底挖空这个强有力的对手。与杨进全接触后，他发现自己对中国人其实并不了解。高薪利诱杨进全却没能成功，这是他没有想到的，他这才意识到，“人为财死”并不适合当今的中国，仍旧有人坚守自己的终极理想，追求民族利益最大化，这恐怕是最可怕的。

中国逐渐富强了，爱国情结竟也随之增强了，这也是小野没有想到的。

第十一章

人生终极目标就是无论干什么，都要成为这个行业的佼佼者。赢得了掌声后，使自己变得无畏、坚强，在温润的环境中自信走过。杨进全虽然技术上过硬，但他的月收入只有四千多，与母亲住着一室半的小屋，过着最简单的普通人生活。

母亲孙友芳已是快 70 岁的人，退休金仅有二千元钱，省吃俭用，替他存着钱，打算买套房子，好给他娶媳妇。无奈时下房价高、聘礼高，存的钱经不起水涨船高的房价行情冲击，这让孙友芳愁坏了。杨进全说："妈，这间屋住咱娘俩挺不错，还想那些干吗?"

孙友芳说："进全，你都奔 30 岁的人了，娘不想拖累你。只要你有媳妇了，娘就住老年公寓。"

"妈，那不成！家有老妈，我还是一个孩子，回家有奔头。"杨进全始终抱有听天由命的心理，对婚事并不着急。但当母亲的着急，孙友芳四处张罗替儿子物色对象，但因为杨进全是产业工人，收入不高，社会地位也不被人看好，婚事一直没有结果。

除了星期日，杨进全都泡在工厂里，在他的七尺车床埋头苦干。这台数控机床他操作起来得心应手，人与机床形成了某种默契，车出的零部件质量颇高，精度也超出产品标准。

一天，他正在车一种新规格的标准件，人力资源部经理袁有才和厂办秘书姜丽楠进了车间，走到他的车床前。

袁有才敲着车床的护套，发出叮当声响，但杨进全没有在意，依旧俯身操纵车床。每当车床开始运转，他便会沉浸在一种脱离现实的境界里，忘情地驾驭起这台老掉牙的数控车床，人机配合精确，而且形成一套程序。每一个部件都会在快速、利索的刀削中成为上等成品。袁有才见他没抬头，心里很是纠结，担心杨进全是不是因为当初招工差点被拒的事对自己有意见。姜丽楠的声音清脆，她喊了一声："杨师傅，袁经理找你有事儿！"

这时，杨进全才回过神儿，停了机床，问："你们下车间有什么事？"

"找你，跟我们到休息室谈话。"袁有才心情很糟，先行走进了休息室。

休息室里一片狼藉，员工换下的衣服、盒饭、鞋子，乱糟糟摆在桌子、椅子和地上。袁有才抽着烟，看着姜丽楠和杨进全随后也进了休息室。

袁有才示意杨进全坐下，咳了一声说："我和姜秘书奉大老板的旨意，有两件好事需要向你汇报……"

能有好事落在自己头上，而且还是由人力资源部经理亲自来告知。杨进全心头一阵窃喜：莫非因为我在技术大赛获得金奖，公司要奖励我一台轿车？袁有才似乎想卖一个关子，又清了一下嗓子才说："杨师傅，你的好运气来了，邵总经理责成我通知你，报你申请'市劳动标兵'的称号，这样你离国家级'五一'劳动奖章荣誉就不远了！另外一件事，中央又有新政策，要对东北老工业基地进行改造。咱们厂又是老军工企业，需要申报技改项目，然后审批立项后会有资金支持。公司决定，将你的操作法当成技改项目申报上去，如果获批国家有关部门能投下几十万扶持资金。”

杨进全像听神话一样，愣愣地看着袁有才。他的削切技术，无非只是对道具进行改造，没有花公司一分钱，只自己费一些时间而已，改进刀具、磨刀具都是技工必会的技能。他想，将刀具改进及操作法的改变当成重大技改项目申报，是否小题大做了？

姜丽楠是一个聪明的女性，她大学毕业后应聘来公司，因为语言表达能力强、长相又迷人，被邵总经理选为办公室秘书，同时兼管档案室。她从杨进全的表情看出，他有几分不情愿的样子，笑道：“杨师傅，袁经理还有话没说完呢！公司对技术开发，有明文规定：凡是申报国家技改项目成功，兜底奖励一万块钱。假若申请到上千万的扶持资金，按千分之二提成，这样你又能得几万元！”

她提出的条件太诱人了。杨进全什么也不缺，就是缺钱！他脑瓜里飞转一遭，想到了俞伯琴和小野提出的条件，便有了底气，说：“那剩下的钱奖励给谁呀？”

袁有才眉头紧皱，他发现杨进全不再是那个毛头小子了，想法变多了。他说：“论功行赏，天经地义。杨师傅，这个道理你总该懂吧？”杨进全懂得这个道理，就怕等不及了。小野一旦买下企业，他的心血岂不全泡汤了吗？他泄气了，说：“那你们就申报吧，提成愿给谁就给谁，我不要。”

他有这般脾气，让袁有才没有想到。他站起身，拍拍杨进全肩头，说："你是优秀的工人代表。现在这社会，人不为己，天诛地灭。杨师傅还能保持工人阶级朴实作风，值得大家学习。"他话锋一转，又说："不过，你得配合姜丽楠把申报材料整理出来。"

"我只会当车工，其他一窍不通。"杨进全懒洋洋地说。

"要的就是你的技术。刀具改造也是一门技术，你把其中道理说通了，申报材料便成功一半了。"袁有才把烟蒂掷在地上。

"那些数据、计算呢？"杨进全觉得他说得太简单了。

"由技术科负责。"袁有才边说边走出了车间。

星期日，杨进全好不容易才有了休息日，他打算睡足觉，便一直赖在床上没起来。早晨七点了，母亲孙友芳先把饭菜搁在桌上，便去了街心公园跳广场舞，这是当今大多数退休老人的文体活动，几乎雷打不动。屋里极静，杨进全思索着这几天发生的事情，像过山车一样，他晕晕乎乎的，觉得如做梦般不真实。忽然，他的枕头底下传出悦耳的铃声："嘿，咱们工人有力量……"

现在的人强调本性与个性，连手机铃声也具有个性了。他设置的手机铃声是《咱们工人有力量》这首歌，他摸出手机，见是姜丽楠打来的电话，心里多少有些疑惑：星期天她来电话有啥事？况且时间又这么早！他接通了电话，里面传出姜丽楠略带甜蜜的声音："喂，是杨师傅吗？"

"对，姜秘书，我是杨进全，你有事吗？"他猜想，或许又有什么好事了。

"别客气，你称我小姜就行了！"姜丽楠的声音很好听，如莺歌般的美妙，"杨师傅，邵总让咱们到公司加班，把你的作业弄成‘可研’，马上得报到市科技局。”

杨进全眨巴一下眼睛，脑瓜清醒了许多。邵杰这个总经理，对他有知遇之恩。杨进全不能怠慢他，可惜又不能睡懒觉了。

九点钟，他准时进到公司办公室。环境略有所改善的办公室里，姜丽楠正忙着敲打电脑键盘，眼皮也没顾得上抬起，说：“杨师傅您先坐着，想想申报的技改项目名称……”

“这很重要吗？”杨进全喘了一声粗气。

姜丽楠瞟了他一眼，笑道：“你坐那么远干吗？杨师傅，坐我旁边，说话方便。”她又打几个字，才点了保存，然后撩起额头边的散发，露出满月似的白皙脸颊，眸子闪烁着疑问：“杨师傅，您没有休息好？”

“今天本来有一个聚会，这回又泡汤了。”杨进全挺无奈的样子。

“不会耽误你很多时间。”姜丽楠认真地说，“不过，公司报的技改项目，必须要确保是新命题、新角度，因为申报前要有‘查新’这个关口。”

杨进全没听明白，问：“啥叫‘查新’？”

姜丽楠咯咯地笑了，显得很是可爱。她摆出一副专业的样子说：“得通过省技术情报所检索，看国内同行有没有同样称号的技改项目，如果没有，申报项目才能立项，否则咱们就白投入精力了。”

“哦！”杨进全听明白了，这里面学问挺大呢！两个人经过一番讨论，暂且命名为“多面体刀具”技改项目。姜丽楠利用公司原有的“可研”进行套改，这样很省力，有一些词可以用电脑统一替换掉，很快就搞定了材料。对技改项目的效率、市场前景、推广作用，姜丽楠补充了一些内容。

在公司里，姜丽楠是一名办公室秘书，她写材料轻车熟路，可编制《项目可行性研究报告》却有些力不从心。见她焦急的样子，杨进全心头滋生悲哀，东北老工业基地改造，连一个像样的技改项目都拿不出，能不影响企业的发展吗？

几天后，由姜丽楠执笔撰写的《多面体刀具技改项目可行性研究报告》终于完稿了，姜丽楠这个厂办秘书果然有文字功底，杨进全只说了几句话，她却弄出几万字的“可研”，最终杨进全得到了公司一千元的奖金。这钱来得太容易了，杨进全满脸欢喜，不知道如何消化这笔钱了。

第十二章

松浦的夜晚在欢乐的气氛中开始。几家大饭店里灯火通明，夜生活在这里开始。普通百姓没有这种奢望，早已安然入睡了。此刻，刚刚从饭店走出来的俞伯琴正等待着出租车，一个酒气熏天的男人靠近她，问她去松浦大饭店路怎么走。这是最有名气的饭店，俞伯琴指指前面，说："从这里往前拐进去，有一座八层楼，上面有巨大电子屏幕即是了。"这人又看着俞伯琴，说："我认识你！你在日本企业上班，有一次去长春跑业务，在火车上咱们挨着坐了。"俞伯琴想不起来在哪儿见到过这人，有些尴尬，幸亏是夜间，他看不出她的表情。那人提醒说："我叫顾俊喜，你忘啦？"俞伯琴根本没有印象，只得说："哦！顾先生，天太晚了，你快去饭店吧，早就开席啦！"顾俊喜依旧不肯离去，他笑嘻嘻地说："老妹儿，你跟我去赴宴，全都是市里大人物！"

俞伯琴客气地说："我刚从饭店出来，对不起，不能再吃了。"顾俊喜说："老妹儿，留个电话，以后好联系！"俞伯琴没有理睬他，上了一辆出租走了。

顾俊喜只得咒骂两声，转头走了。

此刻，松浦大饭店的香港包房里，徐文昌正襟危坐，内心不断告诫自己，拉来袁天易的桂普公司，目的是振兴地方经济，千万不要与他搞什么权钱交易，否则将会陷进泥淖而无法自拔。当然，这次晚宴根本没有顾俊喜的事儿，他只是吹嘘而已。

一起出席宴席的，除了袁天易的所谓“秘书”卓亚雪，还有一个叫崔玉美的女孩儿，她有一米七的个头儿，长发飘逸，有几分姿色，而且就坐在徐文昌的旁边，这不能不让他有如坐针毡的感觉。他马上想到，这个女郎就是“公关小姐”，应当是袁天易为达某种目的安排来的。想到这里，他心中一紧，立刻目不斜视，仿佛除了袁天易，任何人也不存在似的。

对徐文昌这样的政府官员，袁天易接触得太多了。接触多了，就自认为能摸透他们的心理。商人与他们打交道，主要是利益的驱动。袁天易与徐文昌交往甚密，无非也是想利用他的权力，达到自己赢利的目的。但徐文昌并不想拍卖自己的权力，他只想让袁天易把资产投向松浦市的工业，以促进松浦市的经济发展。所以徐文昌此刻不为所动，反而与袁天易大谈红光厂发展前景。他介绍说，由邵杰制作的松浦电气发展规划，确实是个大手笔，袁天易应当把资金投向松浦电气有限公司。

袁天易避开话题，他对兼并或与红光厂合作都毫无兴趣，最感兴趣的是市政工程。为此他殷勤地劝酒，还让崔玉美与徐文昌唱卡拉 OK。徐文昌不肯与崔玉美唱什么歌，而是执着地劝说着袁天易。

“老徐，我最感兴趣的是外环路、八大庙开发项目，还有开发红光厂那片地，那儿建一个大型商业中心多好！假如能把市政府办公大楼工程承包到手，就更好了！”袁天易专注地看着徐文昌，毫不掩饰地说，“那样，桂普公司可以走上一条自强发展的路子了。”

“天易，你们是实力雄厚的大公司，有垫付能力，我把外环路包给你，如何？”

袁天易看出徐文昌的打算，想把包袱转手给桂普公司，把利益留给自己人。袁天易说：“桂普公司从来不做亏本的买卖。我们不是民政部门，干吗要开外环路呀？”

没想到，袁天易在关键时刻将了自己一军。徐文昌面露难色，说道：“市政几项工程都没有钱，主要靠政策，你肯垫付吗？”他采取以退为守的策略，与袁天易讨价还价。

袁天易觉得徐文昌小瞧了人，拍着胸脯说：“老徐，我走出松浦市时，一分钱没有，现在，拉几亿资金没问题。我在北京、天津、沈阳等地的开发项目都需要资金支持，否则资金还会更充裕，我怕啥？”

徐文昌发觉袁天易看透了自己的打算，淡淡地说：“松浦市这几项大工程并不是我个人说了算，大家眼睛都盯着哩！天易，你可以参加投标嘛！”

卓亚雪发现崔玉美乌亮眼睛里流出困惑，猜出她觉察到徐文昌的真实身份了。卓亚雪连忙掩饰地说：“徐老板，生意先不要谈了，还是喝酒罢！”

徐文昌无心喝酒，他对袁天易安排这种场合挺恼火，想：你把我看成什么人了？我可是一直洁身自好，拥有邵欣就足矣！他故意不理睬两个年轻貌美女人的献殷勤，兀自与袁天易谈他的难处，当然也没有忘记对袁天易接收陈志成表示谢意。

袁天易冷漠地说：“我老袁是讲交情的。志成是我患难之交，我当然要替他找个出路。”

这分明是鸿门宴！徐文昌不惧鸿门宴，他内心坦坦荡荡。确实，袁天易只有一个念头，那就是尽快抓住徐文昌，让他对自己打开权力大门。

袁天易发觉徐文昌的不为所动，便抱怨地说：“松浦市把桂普公司请回来，就晒在一边了，对公司发展不管不问，不知安的啥心？”

“自行调整发展思路，自主经营嘛！”徐文昌说，“松浦的房地产业方兴未艾，当然需要你们大显身手。”

“市里得给我们政策，比方说减免建筑税、房屋契税。这在其他地方也有过先例。”

徐文昌刚想说什么，崔玉美把一杯酒送到他面前，说：“徐老板，咱俩喝一杯认识酒。”

看她热辣的眼神儿，徐文昌无法拒绝，喝了一口酒后，卓亚雪说：“那也该与我喝一杯！”

气氛轻松下来，徐文昌说：“免税这方面我还不清楚，你可以向税务部门咨询。至于其他方面，市里总的原则一定是支持桂普公司，好把发展这块蛋糕做大！”

这次酒宴后，他俩很长一段时间没有见面，只是偶尔在电话里沟通情况。袁天易觉得，徐文昌像是一条鲇鱼，鱼饵下得再大，也不肯轻易上钩。他正思索着，见顾俊喜找上门来。

顾俊喜有了钱，穿上挺括的西装，显得体面也有气质了。他坐在沙发里，二郎腿也跷了起来，说道：“六子，你说那会儿咱蹲小号，憋不憋屈？我他妈还能一顿吃三个窝窝头呢！现在，每顿饭两菜一汤，捎带二两酒，胃口不中啦！”

“三哥，有话直说。我还有事哩！”

“我知道你在跟市长打交道。要我说呀，咱们想打开局面，就得肯出血本！他徐文昌不是想要钱吗？还有曲孝忠、那个行长，谁不想有大笔外快……”

“饶了我吧三哥，你说的我都懂。”袁天易不想与其分说。但顾俊喜没有要离开的意思，继续说：“打耗子还要用油渍捻子，这道理谁都懂，关键要会下饵料。对徐文昌，8 万、10 万的他见多了，每次都‘泡’不住他，事情就办不成！”

“想弄下八大庙开发项目，多少钱妥当？”

“没有 100 万元拿不下来。”顾俊喜肯定地说。

袁天易思忖着点点头，又问：“怎么样送这笔钱？”

“送礼有明送和暗送之分。对徐文昌，最好攻其心，动其志，才能送得礼。”

“我担心的也就是这一点。我们都是红光厂出来的，况且他又夺我所爱，不可能不防备我！”袁天易叹道。顾俊喜说到这里，又提到俞伯琴，说：“天易呀，你能不能搭桥让我认识她？实在不瞒你，我挺喜欢俞伯琴的。”

袁天易冷笑，又摇摇头，说：“你别做梦了，根本不中！”

徐文昌很晚才回到家。卧室里，只有一盏台灯发出朦胧的亮光，营造出温馨的氛围。熟睡中的邵欣看起来很恬静，长长的睫毛十分诱惑人，惹徐文昌多看了她几眼。也许酒力的作用，抑或是那个叫崔玉美的女孩儿的刺激，他觉得浑身燥热，这是他很长一段时间不曾感觉到的激情，顷刻间如决堤的洪水，令他难以忍耐。他知道，邵欣有洁癖，于是不得不进卫生间先冲个澡，洗涤从外边带回的酒气味儿和烟味儿。

冲完澡，钻进被窝，邵欣略带香味儿的身体勾起他的欲望。他欠起身子，注视她的睫毛、嘴唇，然后将脸贴近了她。他感觉到邵欣微微动了一下，随后转身把他紧紧搂住了。

徐文昌沉浸在无比的欢愉中，灵魂好像飘逸起来。他浑身大汗淋漓。邵欣顺手从床边摸起一条毛巾，示意让他擦擦汗。徐文昌很感动，但又突然间想起崔玉美，想到自己抵制的那些诱惑，顿时，他那满腔的冲动消失得无影无踪。邵欣发觉他乏味了，关切地问："你咋的了？"

"没什么，太累了。"徐文昌沮丧地从她身上下来。

邵欣知道徐文昌当市长以来，苦于应付官场上的交际以及上访告状等乱杂事，弄得身心俱疲。她说："你好好休息一下吧。"

邵欣望着他，突然萌生一股怜爱之情。"休息吧，你还在想啥？"邵欣轻声说。

"我想，当一名市长太难了！我不仅要为了平衡关系苦于应酬，还要为百姓吃上饭、住上暖房子费尽心思。"徐文昌趴在床上，眉头紧皱。

"当官不为民谋福，那怎么行呢？"邵欣话题一转，"文昌，市政工程招标了吗？"

"已经交由曲孝忠负责了！他主管市政建设……"

邵欣半侧身子，观察丈夫的表情，试探说："没有人监管，出了事儿咋办？曲孝忠那人不可靠！"

徐文昌敷衍地说："只要不以权谋私，怎么会出事儿呢？"

"听说……曲孝忠的情人活动工程呢。"邵欣提醒了一句。

"你说的是冯爱仪吗？那女人，真让曲孝忠出丑了！"徐文昌搂住邵欣，意识被拉回现实中，说："冯爱仪在城市规划设计院没少捞好处，再这么下去，迟早他会被'双规'！"

"别人的事儿咱们不要去管，随他去。可是市政建设出事，你要负主要责任。"

"谁让我是市长了。"徐文昌打个哈欠，"时间不早了，咱们睡觉吧！"

与丈夫对话始终难以达到自己的目的，这是最让邵欣心焦的了。她本想借丈夫有一个好心情，让他再帮助钟凤鸣一次，可是很难找到一个机会。谈起政府工作，徐文昌表情敷衍了，显然不让她插手。

次日早上，夫妻俩很早起了床。邵欣对徐文昌性情摸透了，知道徐文昌不准家人干预政事，担心给自己惹麻烦。邵欣拿出一件给徐文昌打的毛衣，让他试穿，说道："老徐，你又胖了，注意身体呀！"

"没有办法，应酬太多。"徐文昌挺感慨。他抻抻毛衣，觉得还算合体。脱掉毛衣，他说："程志锐这个人太不争气！曲孝忠再一次提出要罢免他。欣欣，他在市政规划上总让市领导为难，也让我不好说话了。"

"理由是什么？"邵欣问。

徐文昌梳理着头发，说："他批建项目与市规划不符。城市在发展，却始终抱着一条老路，那怎么行呢？"

邵欣说："你也许不清楚内情……"

徐文昌看她表情有异，知道她与程志锐有较多的接触，便说："欣欣，你千万别掺和进去，你就当一名正直的法官，办好案子就行了。"邵欣正色说："我不想有一天你站在被告席上。"

徐文昌哈哈大笑，充满自信地说：“那是不可能的！”

邵欣无法从丈夫那里打开缺口，钟凤鸣催得又紧，让她挺无奈，担心钟凤鸣又会拿“老账”敲她。邵欣内心脆弱，她十分爱自己的丈夫，也爱惜自己的名誉。思量一番后，她决定拿起电话，拨通了钟凤鸣的手机，郑重告诉他，此次招投标，她爱莫能助。

第十三章

人很容易受到欲望影响，产生某种需求，并且由此树立目标不断努力。杨进全上班便是站在车床前操纵程控设备，千篇一律地车出活塞，给车辆提供动力。现今城市交通拥挤，皆因车辆过多，而车的数量也代表城市繁荣的程度，高楼、道路、汽车推进了城市化进程。杨进全每天站在车床前忙碌，每年都会车出数不清的活塞，因为车辆发动机质量标准也在不断更新，而且质量标准越来越高，车工技术难度也就越来越大。他过五关斩六将一样，不断攻坚克难，任务量也在增加，只是工资待遇没有多大改变，他由此有了想法。

也难怪，一线产业工人就像工蜂，需要用劳动来支撑社会的需求。杨进全被评为松浦市劳动模范后也曾兴奋一阵，冷静下来，便开始考虑自身出路了。人这一生注定要遇到一些特别的人，有的人可能会给他指一条光明之路，有的人只能把他带上崎岖不平的小道，他把生命的希望寄托在俞伯琴身上，认定她是自己生命中的贵人。

连续多日，俞伯琴一直在微信上跟他联系，传递小野先生与市领导洽谈整体买断红光厂的内部消息。小野财大气粗，他与袁天易在竞买“红光”中互不相让，使松浦市委、市政府形成两种意见。

其实，袁天易无意兼并红光厂，那是一个历史包袱，谁背上都感沉重。徐文昌对袁天易说，国家重视“中国制造”，要打造强盛的“中国制造”品牌，机会难得。而袁天易却只看好工厂所在的几十万平方米土地，打算买下建一条商业街，再建几座写字楼。虽然他的思维与徐文昌有差异，但也搅和进来，让小野兼并红光厂成了难题。私下里，杨进全对俞伯琴说，无论谁买下红光厂，他也只是一个工匠，靠本事吃饭，靠汗水赚钱。他努力想过上别人羡慕的生活，为此他可以付出时间、智力和劳动。他不想巴结任何势力，尽可能保持产业工人纯正的天性——善良、勤劳，自食其力地接受命运挑战。俞伯琴对此却并不赞同。

俞伯琴坚持鼓动他跳槽，还习用了“人挪活，树挪死”的俗语。杨进全对这些大道理并不陌生，俞伯琴强有力的鼓动，曾经让他动摇过，有过“人挪活”的念头。但见到市里颁发的劳模奖章，他又犹豫了，人不能忘本。虽然他的七尺车床面积不大，但能保留这一方净土，让他有了施展才能的地方，陪同他实现人生梦想与价值，也就知足了。

他觉得上头给的荣誉很珍贵，因此迈不出跳槽的步子。

中午吃饭的时候，杨进全接到俞伯琴打来的电话。她的声调夸张的高昂：“进全哎，你想好了没有啊？是不是公司给你报一个市劳模，你就改变主意啦？市劳模有什么用？既不给调工资，又不发奖金。看那些全国‘五一’劳动奖章获得者多光彩，登上天安门城楼，跟国家主席合影，连待遇都提高了！”

杨进全没有回应，默默挂断了电话，然后嚼着干巴馒头，喝了口凉水，又吃了块榨菜。这是他十年来的午饭，别人吃不下去，他却吃得很香。

有一天，杨进全和几位工友去江边游玩，走到江上俱乐部旁，见一帮年轻人围着桌子撸串，个个赤身裸体，喝着啤酒，样子兴高采烈。工友小冯说："每天过这样的生活，我知足了。"

张凤苏说："这只是最低生活水平，不足挂齿。"

杨进全没有表态，他见两个年轻人眼里火辣的表情，心里很觉怅然。当今人们追求物欲，到了不知廉耻的地步，人性变得疯狂，甚至不择手段，这难道是世道进步的表现吗？其实，杨进全上机床刻苦钻研技术，无非也为了改变生活境况。他在寒冷的冬天上机床，车间供热不足，室内温度只有零度左右，伸出手干活儿，手指尖都冻得僵硬。最初的几年，他干活儿踏实，上班心里也踏实，把自己的人生与企业命运拴到一块儿，指望能改变自己的命运。

现在，他心里开始复杂起来，尤其俞伯琴提供给他的内部消息，更让他感到绝望。

公司被拍卖的消息，在员工中扩散开，引起不小的震动。小冯擦拭汗珠，脸上抹出一道油渍，骂骂咧咧地说："挺好的企业，到这茬领导手里，啥玩意儿也不是了，说卖就卖，真是败家子！"

张凤苏长着俊朗的娃娃脸，戴着工作帽，前额习惯露出很长的头发，他用工作台上的旧手巾扫着身上灰尘，说："公司卖出去，免得你往家偷东西了。听说那个日本人才邪性，你偷东西，他敢打断你的腿！"

小冯点一支烟，说："现在不是旧社会，开除我差不离，体罚他可不敢。”

大家胡乱调侃，心里都挺无奈，仿佛都是菜板上的鱼，任人宰杀，却无力抗争。杨进全说:“哥儿几个不要灰心丧气，咱们有手艺，到哪儿都吃一碗饭，不要担心以后没有面包。”

“对呀，进全他凭本事能当上市劳模。几年前，哪有干活儿的当劳模?”张凤苏也附和说。

杨进全听罢，心里也不是滋味儿。企业一旦改制，兴许员工收入会高一些，但毕竟没了当家做主人的感觉。他心里纠结，惶惑不安。他创造的刀削法，明显提高了活塞成品质量，形成品牌，各地汽车生产厂商接踵订货，也曾让他产生发财的梦想。现今，他刚刚获得荣誉的快感忽然消失了，又多了一重无奈与焦虑。不知道命运究竟能把他推向哪里?以后究竟会怎么样?小野的谄笑还有俞伯琴煽情似的许诺，在他耳边不断回响。这种情感上的折磨对他是致命的，严重影响到他的车工技艺发挥，接连车出两件报废品。车间主任柳明脸色阴沉地来到他的工作台，责问他心里想啥啦?怎么会车出报废品?

柳明曾经是他的徒弟，后来因有大学本科学历，被公司安排当了车间主任，成为杨进全的顶头上司。按常规，徒弟发达了，总该敬重师父，高看一眼。这种传承关系，也是中国产业工人的传统。但柳明从来不遵守这种传承关系，他受当今世风影响，权力欲望强烈，经常当着所有员工的面批评杨进全，气得杨进全脸都扭歪了。柳明的不尊重，深深地激怒了他，这种愤怒，化作火山般爆发。他极不冷静地说:“你认为我技术不行，可以辞退我!”

“杨师傅，你也太骄傲了吧?”柳明被他的无所畏惧惹恼了，暴跳如雷地吼起来，“我问你的是加工的工件报废原因，你有啥不服的？你以为评上市劳模、上了电视，就了不得啦？哼，老虎屁股摸不得了？”

两个人的争吵越来越激烈，杨进全甚至打算趁机辞职算了。但他想起了母亲，慈祥的母亲一直盼望他早日成家，然后帮他照顾孩子、做饭，安享晚年。杨进全辞职，虽说可以投奔“绿太阳”，那里也有更理想的工作环境，可是他不能跳槽，因为这是红光厂，是东北老工业基地的老牌军工厂！他的父亲在这家企业工作了一辈子！父亲曾经对年幼的他说：“爹这辈子，托共产党的福，到红光厂当上大技工，赚人民币，脸上光彩！你长大了，要是也进这家工厂上班，就烧高香啦！”老父亲当时的目光只看到这么远，又有什么法子？这层难以割舍的血脉关系，或许就是杨进全头脑发热时也不肯跳槽的主要原因。

柳明和杨进全的争吵被大家劝住了。柳明憋了一肚子气，扬言要处罚杨进全。他是车间主任，过问质量的好坏是他的职责，而杨进全居然不认错，反而振振有词与他争辩。现在不是三十年前了，不必守旧规，现在只讲原则、讲效率、讲规定，旧交情、臭规矩统统没有用了！

刚被评为市劳模的杨进全与车间主任柳明吵架一事，在公司内部持续发酵，公司内部猜疑声、议论声不绝于耳。有人说，这回让杨进全吃不了，兜着走了！跟领导作对，那不是傻瓜吗？柳明是何等人物？他是公司老总邵杰的侄女婿！邵总从维护领导权威角度，也要给杨进全一个处分，那就够他“喝一壶”的了！还有的人干脆预言，这回杨进全得下岗了，要重新参加岗前培训。这就意味着他只能开生活补贴，生活一下跌到贫困线下了。

这场冲突过后，杨进全的微信中收到两条让他欣慰的留言，分别是姜丽楠与俞伯琴发来的，劝他“风物长宜放眼量”。姜丽楠还透出“内部消息”说，邵总很生气，打算给他“留岗查看”处分，幸亏党委书记齐平从中做工作，这事才大事化小，小事化了。杨进全奇怪的是，俞伯琴怎么会很快得知这个消息，她不仅劝他尽快离开松浦电气有限公司，投奔“绿太阳”，以谋一个好位置，还许愿说，小野先生答应给他配备专车，提供一套住房。

杨进全看到俞伯琴的留言，又一次心动了。不过，他对小野甜腻的笑容很反感，让他感到不踏实。杨进全习惯过着踏实的生活。

他与柳明发生冲突后，幸亏齐平从中调解。齐平是杨进全父亲的徒弟。父亲早年在锻造车间当翻砂工，解放战争时期制作炮弹外壳，后来年纪大了，当了钳工，带的唯一一个徒弟就是齐平，他很有出息，官至公司党委书记，抓党务工作。齐平个头儿不算高，结实的脸膛上两道剑眉，眼睛不大，嘴唇紧紧抿着，颇有精气神。每年公司经营遇到困难，他都会发动党团员发挥骨干作用，带头攻坚克难，闯出困境，才让企业得以延续到现在。如今，齐平头发全白了，再过两年就要退休了，他不想再多管闲事，平稳着陆是他最大的愿望。

他让姜丽楠请杨进全到他办公室来一趟。姜丽楠见到杨进全，劝告他说：“齐书记的情绪不大对头，你当心他一点儿，惹了他，就惹了灶王爷！”杨进全心里滚过了一股暖意：姜丽楠真是一个好女孩儿，她懂得体贴人，为人善良，是个难得的好人。

杨进全进了书记办公室，屋子不大，办公桌对面摆有一组沙发，沙发前的茶几擦得很是干净，上面摆有小果盘，里面的香蕉、苹果散发着水果香味儿。齐平让他坐在沙发上，给他泡上一杯铁观音，说："吵架英雄，你有功啦！这盘水果奖励给你。"

杨进全捧着茶杯，突然觉得鼻子酸涩，差一点儿落下眼泪。

齐平注视他，半晌没言语。他见杨进全心情平静了，又说道："企业发展正处在关键时刻，你也清楚，我也快离岗退休了，可是你的路还很长，还要走下去。进全，凡事不要意气用事，特别你刚被评为市劳动模范，得起带头作用。"

"当时是我疏忽了，操作不当，出了两个报废件，柳明却借故找茬，他对我这个劳模不服，还说些杂七杂八的话，明显在攻击我。"杨进全气恼地说。

齐平微笑着听他把话说完才说："过去，红光厂也出过全国劳模，你爸杨勇老师傅还是省劳模呢！普通工人能获得劳模的荣誉不容易，柳明有这样思想不足怪，只要你这个标杆立得住脚，何必怕别人说三道四呢？我找你聊聊，就是想让你放下包袱，踏踏实实工作，对得起人民给你的荣誉。"

和齐书记谈话后，杨进全打消了跳槽的念头，继续在车床前干活儿。工人嘛，还是以务工为谋生手段。柳明知道齐书记找杨进全谈话后，不敢再找他麻烦了，都是老厂子的子弟，谁的底细都清楚，只好私下抱怨一番了。

近日，齐平和总经理邵杰很忙，他们要去参加由市长徐文昌牵头，主抓经济的副市长曲孝忠也参会的国有大型企业改制研讨会。这类会开了多次，一直没有理出头绪。中央对东北老工业基地改造，投入了政策、资金扶持，又有"一带一路"的发展思路指明方向，可以说已付出最大力量了。可松浦市的几家大中型国有企业，一直像难以化蝶的蛹，笨拙地挣扎，始终无法展开漂亮的羽翅飞翔。怎样改造松浦市唯一的老军工企业，让曾经有上万名职工的企业重振雄风？齐平和邵杰费尽心机。改制后新组建的松浦电气有限公司仅占几座厂房，主要靠加工项目，挣扎着向前走着。哪知道市里一直打算拍卖厂子，这让邵杰很窝火，他找市长徐文昌谈了几次，却没有结果。徐文昌平静地对他说："大哥，你有两个月没回家，老爸都生气了。"邵杰不痛快地说："公司艰难起步，我哪有时间啊？"徐文昌说："以后时间就多了，多陪他一会儿吧，老爷子时间不多了……"

邵杰脸色微微一变，他问道："爹的病又复发了？"得到肯定答复后，邵杰依旧说："让妹妹多照顾爸吧，我真的没时间。"扔下这句话，他便走出了市长办公室。只是到了门外，邵杰的眼睛便湿润了……

红光厂改制后成立的松浦电气有限公司只是原来的机加分厂，总装分厂、动力分厂和化工分厂依然闲置，厂区到处长满荒蒿野草，旧厂房破旧衰败，上万职工分流后，很多技术骨干早就跳槽，另谋高就了。袁天易的桂普公司和"绿太阳"都相中了这块地面，相继提出整体收购方案后，矛盾出现了。主要是他们的投标价格与专家估价相差甚远，国有资产不能流失，这让市政府很为难。徐文昌总算把制约全市经济难题解决了，现在，红光厂的改制课题就变得突出了。他和邵杰沟通了多次，但邵杰始终认为，松浦电气有限公司经营状态一直很好，前景会更好。他要求市里向公司提供优惠政策，把公司内部配套改造工程搞好，淘汰一批陈旧机加设备，引进当今世界最先进的机加设备，提高整体的机加能力，由机加大型企业向机加强势企业转变。当然，这需要资金，松浦市没有能力解决资金。徐文昌明确地告诉邵杰，市财政只能保证政府工作人员的工资，无力解决其他支出。

邵杰说："政府可以出面为松浦电气有限公司担保贷款。"

"公司利用自有资产贷款，同样可行嘛。"徐文昌提议。

邵杰苦笑，公司的自有资产，甚至每一台机床都已抵押贷款了，实在再没有什么可以抵押的了。他见当今制造业前景火热，而公司却还被落后机加设备拖后腿，顿时束手无策。市政府根本没有注意到企业面临的困难——若松浦电气有限公司不能在短时间内更新设备，必将在激烈的市场竞争中被淘汰出局。

尽管邵杰不愿意将工厂整体出让，但市政府却打算用拍卖企业的出让资金给下岗职工一笔补偿费，减少困难群体上访的压力，也让市政府抽出精力盘算下步发展计划。徐文昌对这位任性的大舅哥表态，说你是市管干部，企业改制后，你可以到工信局去工作，到那里发挥你的作用。

"文昌，公司现在有三千多名员工，他们需要生活。这样把公司当包袱甩掉了，他们怎么办？"邵杰愁苦的脸上，眉毛拧成了疙瘩。

"车到山前必有路，你有什么好担心的？"徐文昌发觉他固执得可怜，派他去市工信局担任副职，进入公务员序列，何乐而不为呢？他沉思一下又说，"公司技术工人很多，像杨进全这类大工匠，到哪儿都会有好待遇。"

"我的市长妹夫，你也没想想，松浦市每年培养出多少大学生？他们学成又有几个回到松浦市的？人才流失，松浦已成了经济荒漠了，走出去的人，又出息多少？比方说，袁天易在北京混得风生水起，原先在咱们这企业不过是普通职工！"

徐文昌冷静地听他讲完话，才说道："你是杞人忧天，袁天易的成功是个案。他有钱了，又返回松浦投资，正说明他热爱家乡嘛!”

有些道理无法讲清楚。袁天易辞职下海，曾经是人们议论的话题，有人预言他必定会被无情的商海淹死；如今他衣着体面返回松浦，又有人传言，说他并购红光厂，目的就是报被迫离开工厂的一箭之仇，把对立面的人全部踢出去。实际上，袁天易兼并老厂子，是为了在原地另起炉灶赚钱，而邵杰则坚持要把老厂搞活，做强中国装备业。他认为这是关系国计民生的大事，切不可马虎。为此，他与徐文昌交谈多次，却始终谈不拢，两个人分歧太大了。走出市政府大门，他脑袋里像盘旋一只讨厌的苍蝇似的，不停地嗡嗡作响，搅得他心慌意乱，无所适从。

第十四章

打通曲孝忠手机的时候，邵欣根本没有想到这位副市长正忙什么。

曲孝忠接手机，习惯先看来电显示，这是出于一种谨慎，以免被抓住把柄。而他此刻正睡在冯爱仪身边，这个节骨眼儿接电话，岂不大煞风景？他一看是陌生的手机号码，没甚印象，便没有接。

可对方不依不饶，一直重复打进，曲孝忠不得不接通了电话。

“喂，你哪位啊？”曲孝忠呼哧带喘又有点儿不耐烦地问。

“我是邵欣，曲市长忙什么呢？”

是徐夫人！曲孝忠颇有些意外。尽管他与徐文昌在一个班子工作，却极少见邵欣，她突然打电话，肯定有事求自己。曲孝忠小心地试探：“有事吗？”

冯爱仪被吵醒敏锐地感觉到来电的是个女人，便大声吵道：“你干吗又与别的女人勾搭呀？”她说着，顺手夺过手机。

曲孝忠大怒，抢下手机，小声说：“是邵欣来的电话！”

邵欣在电话里已经听到曲孝忠身旁女人的声音，说：“你不方便吗，曲市长？”

“不，很方便。有事儿你说吧！”曲孝忠瞥了冯爱仪一眼。

冯爱仪认识徐文昌妻子，她有点儿不安。见曲孝忠不满的神情，她又有点儿畏惧，担心他与自己过不去。她索性半卧在床上，静静倾听电话里的谈话内容。

“曲市长，市政工程发包什么时候开始？是这么回事儿，钟凤鸣的公司想参与竞标，我想跟曲市长打个招呼，问问咋办才好……”

“小钟啊，他来过好几次了。”曲孝忠狡黠地打着哈哈说，“嫂夫人有话，我们一定照办。只是，这次招标由专家组和市领导参加审评，我也无可奈何呀！”

邵欣觉得他的话有道理，顿时感到尴尬，说：“那好吧，这件事儿算我没说……”

“别——”曲孝忠马上补了一句，“嫂子，我把这件事当件大事儿来办。有别的事尽管吩咐，孝忠一定照办！”

邵欣语塞，只好敷衍地说：“那好吧。”

曲孝忠挂了电话，已全无暧昧情意，他穿了衣服，坐在床边，点上一支“中华”深深吸了一口，又慢吞吞吐出来，自言自语：“夜猫子进宅，无事不来。邵欣啥目的？值得怀疑……”。

“你是说她试探你吗？”冯爱仪讶然地问。

曲孝忠对这个缺乏城府女人的问话未置可否。

男人复杂的心理，冯爱仪并不去注意。她穿戴妥当后，站在镜前着意描眉，细溜溜的眉毛到末梢处稍稍挑起来，显得尊贵与自信；涂口红她先画唇线，然后才精心涂上了猩红色唇膏，这样才显现出性感和俏丽。

曲孝忠与冯爱仪交好，对外低调，力求不露痕迹。但他发现，寡居多年的冯爱仪自从成为他的姘头，对外格外张狂，处处炫耀，给他造成尴尬的处境。冯爱仪还曾跟人说，老曲将来会离婚再与自己结婚，这让曲孝忠十分的不满，有被别人驾驭的感觉。

冯爱仪发觉曲孝忠的不快，纤手吊在他的脖子哄道："今天你表现不佳，有什么不舒服的吗？哎，老公，你说话呀！"

被她称为"老公"是两个人相处时常用的情话，他此刻听了却感到十分刺耳，反感地说："以后别总开这种玩笑，要是让外人听到了，事情就闹大了！"

冯爱仪奇怪地瞥他一眼，发觉他的火发得没来头。她也火光冲天地喊道："你嫌我老了咋的？曲孝忠，你以为当个市长就了不起了？我让你坐稳那把交椅是对你有情有义，你干的那些事儿当我不知道？你说心里话，想咋办？痛快一些！"

曲孝忠尽管在工作上腰杆很硬，动辄就训人，但当冯爱仪真的发起火时，他又矮了三分。他看看门缝，担心有人在外窥视。冯爱仪头脑发热，她才不在意谁在门外听音，嗓门也高了起来，数落着自从两个月前市政府调进一位年轻的女秘书，曲孝忠明显来的次数少了。并说，"你要是嫌弃我，可以分手，不过市政工程你必须砍一块儿。"曲孝忠低声解释说，市政工程并不是他一个人能定得下来的。市政府办公大楼的设计让冯爱仪承担后，自己不知冒了多大风险，很多老干部说三道四，市政工程再让给她，自己很有可能被"双规"。

冯爱仪很轻蔑地望了他一眼。她欣赏那种敢作敢为的男人，那种男人才能干一番大事！像曲孝忠这种人，前怕狼后怕虎的，什么时候才能出人头地？

“那你说，该对我咋个态度？”冯爱仪眸光冷冷的。

“你的话啥意思？”曲孝忠怔住了。

冯爱仪走到他旁边的沙发坐下，平静地说：“你够了，可以离开我。”

“胡扯！”曲孝忠眼珠子鼓冒着说，“你见我没用了，想甩开我呀？”

冯爱仪听见曲孝忠急了，心头再次涌出甜蜜的感觉。她靠近了他，并亲亲热热地亲了他一口，温情脉脉地说：“咱们以后不要再打嘴仗了。我对你实心实意，永不反悔。”

冯爱仪的话并没有重新燃起曲孝忠的性欲，他抚摩她的头发，颇有一点做作。他忽然很清醒地认识到，自己想疏远冯爱仪，还是一件很困难的事情。她犀利的嘴可能葬送自己的前程。

这种忧虑如梦魇一样缠着他，甚至让他寝食不安。

徐文昌很忙，他临时参加省里一个农村工作会议，会期三天。

松浦市的农业在北方很是有名，曾经是产粮的重点市县，农业丰收也一直成为市政府领导引以为荣的主要政绩。改革开放以来，在综合的经济指数中，农业的脆弱性马上显露出来了，松浦市的农村人口很多尚处于贫困线下，这让市委、市政府很是挠头。徐文昌参加会议，也让曲孝忠不得不出面应酬——他差不多快被包工头“围剿”了，整天要宴请他，让他苦不堪言。

他觉得，作为一名市级领导如果毫无社交，别人会以为你犯了什么错误，被“双规”了。可是连珠炮式的酒宴又让人受不了，他的胃被酒泡坏了，又患了脂肪肝，最近又查出心脏期前收缩，真要命。

更要命的是冯爱仪的催魂电话，假若两天不见面，冯爱仪便会用极刻薄的话刺激他，捕风捉影地说他又陪女秘书了。这是哪里的话呢？曲孝忠尽管与冯爱仪有所暧昧，但与别的女人根本没有不清不楚。他曾帮助过冯爱仪的朋友，那女的几次电话邀他吃饭，说是答谢，都被他婉言谢绝了。他很精明，没有把这一切告诉给冯爱仪。一旦冯爱仪知道内情，肯定要大发雷霆的。

偶尔闭目养神时，曲孝忠会理着自己的思路，猜想那天邵欣来电话的真实意图，同时又想自己与冯爱仪的关系应当不会被邵欣发现。

曲孝忠自以为做得天衣无缝，但邵欣其实早就知道了。邵欣处理问题含蓄，对外人的感情之事也从不感兴趣。那天，她去父亲那里看望，恰好邵杰刚要离去，他见妹妹来了，又坐了一会儿。

爷儿仨聊了一些家常话，邵义德心情挺好，让秋秋准备饭菜。邵杰见饭菜挺丰富，让邵欣给徐文昌打电话，请他一块儿吃饭。市政府离邵义德家不远，恰巧徐文昌正与综合秘书研究材料，见到了中午，正好无处吃饭，便赶来了。徐文昌对邵杰说：“大哥，你们公司与‘绿太阳’联合，组建一个大型装备生产企业，如何？”

邵杰冷静地望了徐文昌一眼，他对此不抱希望。他在业务上和小野打过几次交道后，对此人的评价很不好。小野是一个机敏过人的人，很难让人放心地与他共事。他对别人不相信，喜欢利用小恩小惠收买人心，一旦羽翼丰满，便会毫不留情地踢倒对方。邵杰对小野很戒备，对他的做派颇有意见。合资企业的“合”字，无非是双方按比例投入资金，购置设备，如果由日方引进国外设备，首先就让他们实实在在赚了一把。

徐文昌见他没说话，又追问他：“你的打算呢？”

“近日，中央接连出台政策，支持国内企业把装备制造工业做大做强，现在正是好时机。松浦电气有限公司规模小，设备落后，只要省里市里支持一把，用红光厂的资产抵押，贷款改造一下落后设备，提高装备配套质量，我相信企业前途是光明的……”邵杰说到这里，陶醉在自信里。

徐文昌一直注意他的表情，久久没有说话。邵欣这时才说：“哥，你也快到退休年龄了，何必操这份心呢？”邵杰苦笑说：“妹儿呀，全公司几千人把我当成主心骨，我没有退路！外国有一个著名领袖说过，一个人应养成信赖自己的习惯，即使在出现危机的时候，也要相信自己的勇敢与毅力。”邵欣笑道：“我知道，拿破仑的话！”

徐文昌咳了一声，说：“我很佩服大哥的胸怀与抱负。我现在是市长，还有那个权力，早就打算把大哥调到工信局当局长，我就等着哥表态呢！”

邵义德也插话说：“邵杰是认死理的人，从小就这个臭脾气！”

“爸，我走容易，可是全公司的员工指望我呢！我走了，享受局级公务员待遇，员工们怎么办？”邵杰激动地说，“我总不能舍大家为小家吧？”

“这话有理！”邵义德称赞说，“你是共产党的干部，也是我的好儿子！你要把红光厂的老传统带动起来，企业才有希望！当年，锻造车间靠的是榔头，是工人用力气打出来的锻件。现在不同了，用的是高科技，就应当搞出大名堂来！”

邵欣与徐文昌交换了一下眼色，表情都很无奈。

秋秋预备好了饭菜，请他们入席。邵义德想起什么，他抬头对邵杰说：“你公司有一个叫什么的车工来着？他在擂台赛上获得了冠军，得了二万元奖金？”

“是的，杨进全师傅，公司按规定，分给他五千元奖金。”邵杰说。

邵义德吃了口饭，想了想，说：“不妥当吧？不仅那二万元应当全给他，公司还要另有奖励才行。要不然，他会跳槽的！”邵杰苦笑说：“我们给他申报市级劳模了，算精神鼓励。”

“精神鼓励顶钱花吗？”邵义德生气了。

徐文昌从中打圆场说：“爸，别伤肝火，有话好好说。”

邵杰搁下了筷子说：“当公司领导的也很为难，奖励金额过大，员工期望值过高，反而在员工中造成负面影响，其他人可能会消极怠工。几千人有几千种观念，公司只得利用规章制度来统一员工行为。”

邵欣插话说：“哥，你怎么能保证杨师傅不会跳槽？”

邵杰没有回答，却瞪了她一眼。他打开一盒烟，抽出一支软中华，搁到鼻子边嗅了嗅，说：“我想好了，杨进全参加电视擂台赛剩余的奖金，应当归他个人支配，公司不应截留。”说到这里，他突然想起什么，取出手机，给柳明挂电话。好一会儿，柳明才接电话，一上来就直说：“老总，你为什么不给杨进全处分？”

“为什么给他处分呢？”邵杰问。

“先头我想给你挂电话，看你正忙，没敢打扰。”柳明诉苦说，“我是车间领导，为质量问题找他，他竟跟我吵起来了。你说，我以后还怎么领导大家？老总，我心里很纠结……”

“人生活在世上，哪能始终一帆风顺？”邵杰大笑，“其实我心里也纠结。”

柳明奇怪地问：“你当老总，一手遮天，有啥纠结的呢？”

“员工开不出工资，没有奖金，不找我吗？”邵杰激动地说，“市里打算把企业卖掉，还对外打着改制的旗号，我心里能不纠结、上火吗？小柳，你当车间主任，要把全车间人团结成一个人似的，那样你就不会再纠结了！”

柳明觉得他的话像在说教，一丁点儿没有考虑自己当车间主任的苦处，愈加郁闷了，内心也极不平衡：齐平替杨进全开脱，邵杰又和稀泥，就致使这件事不了了之了！柳明气愤地想，都成了老好人，一点原则也不讲，这样的企业待着有什么盼头？他恼火地说：“邵总，我一直为您扛着这摊工作，到头来我落这么个下场？邵总，我不干了，辞职！”

第十五章

这几天，工厂内风传厂子马上要由“公”改“私”和柳明辞职的消息，像重磅炸弹，在松浦电气有限公司内引起连锁反应。让大家意想不到的是，杨进全的剩余奖金还补发了，同时也通报批评他因车出报废件，罚款500元的决定。

奖罚分明，历来都是红光厂的传统。

拥有几千人的企业，员工情绪不稳容易引发灾难性后果。既然“国”字号的企业要改姓，员工干劲就没那么足了。张凤苏、小冯总是在玩手机，偶尔念念网上面的荤段子。杨进全不喜欢这些无聊的东西，他还是喜欢励志类、哲理类的段子。近日，有朋友发表的“人生最难是什么?”对他启发甚大。“人生最难是提高素质，最难改变的是习惯……”一下抓住了他的心。

他虽年纪不小了，但还没有正经谈一场恋爱，也没有心仪已久的暗恋者，只有利用空闲时间钻研那本厚厚的《数控机床编程要义》。他利用业余时间恶补理论知识，使自己活得充实一些。杨进全被评为市劳模，是因为他车工技艺精湛，他很珍惜来之不易的荣誉。当今社会竞争激烈，不能落后，落后就会被人瞧不起。杨进全知道自己必须要补充知识，让头脑充实起来。

与柳明争吵后，他忙活着赶加工活，整天很少与别人聊天，他差一点忘记吵架这件事。柳明辞职，才让他想起两个人的恩怨，顿时有了一丝歉疚。公允地说，柳明是一个称职的车间主任，他为人谦和、办事认真，处理工作有条理，只是他看问题一直按照既定思维。阳光从车间宽大的窗户倾泻进来，车间里热乎乎的。车间里没有空调，每台车床都配有一架风扇，这架风扇其实主要是为刀削部位降温用的，有人把电扇稍微移动一下，那风就能吹拂自己了，至于刀削部位、轴杆部位、数控箱是否发热全然不理会。杨进全心疼这台老掉牙的数控车床，每当他车完一个部件后，都没有忘记启动低速电钮，仿佛也让车床适当休息一会儿。机器和人一个道理，始终高速运转也会磨损和疲倦。

柳明果然没有上班，他已经辞职，偌大的车间里几十台车床忙碌旋转，却没有车间主任走动的脚步声。柳明习惯和质检员一块儿到每台车床前检测车出的零件质量。以前用卡尺，笨重又缺乏精准度；现在利用激光检测仪，这玩意儿很是先进，准确又方便。杨进全突然感到后悔，当初不该与柳明争吵，车出两个报废件，可能是数控程序出了故障。这台老掉牙的车床，哪里有日本产的 X—120 型数控车床先进。他又想起福冈技师，那个日本技师操纵数控车床技艺精湛，而且编制程序手法娴熟，这一点是杨进全的弱项。杨进全自修了编程知识，耗费了他很大精力，以至于姜丽楠多次在微信上叫他都没看见。问姜丽楠找自己什么事，好一会儿，她才回音说，杨师傅，咱们的“可研”没有通过，需要重新修改。你有时间到办公室找我，共同商议一下。

又摊上事了！杨进全悻悻走向了姜丽楠的办公室，这简直硬赶鸭子上架！他只是一个熟练的车工，哪会做什么“可研”？唉，真是难为人……

那天，袁天易举行了重修城隍庙开工仪式，除了市领导曲孝忠应邀参加奠基活动，他没有忘记请俞伯琴以贵宾身份参加此次活动。他知道顾俊喜对俞伯琴有好感，便也将他请来了。俞伯琴穿了一件粉红色带暗花的上衣，下身是百褶裙，愈加显出她个头的高挑，在众人中格外显眼。

顾俊喜色眯眯地望着俞伯琴，还与她搭腔。俞伯琴想起他了，客气地打了招呼，乐得顾俊喜手舞足蹈，连江润生的接待工作也要插下手。俞伯琴偷偷问江润生：“顾先生负责什么工作？”江润生冷笑说：“你别理他，江湖骗子！”

俞伯琴很喜欢参加这类活动，她知道年纪不饶人，再过两年，自己就成明日黄花，没人再看得上了。她想尽量抓住青春的尾巴。曲孝忠心情很好，他对俞伯琴说：“你今天打扮得真漂亮！”

俞伯琴说：“曲市长太会夸人了，我已经老了。”

曲孝忠说：“你永远是年轻的！我想问一下，小野先生对并购红光厂下一步有什么打算？”

“态度积极，难度不小。”她瞟一眼站在旁边与来宾应酬的袁天易，“他觉得桂普公司出的价太离谱，打算和桂普协商，重组一家合资公司，购买老厂子。”

她这句话，引起了曲孝忠的注意。

始终当副手，这也需要技巧，曲孝忠是一个细心的人，他问俞伯琴：“小野先生改变主意了？”

“独资买断办不到，他可能采取下策，与桂普公司合资。”她说。

曲孝忠眉头舒展开，经过一番又一番的谈判，小野不再坚持原先的兼并方案，他要和袁天易合作，打造一处东北规模最大的机加基地，这是很不错的主意。

曲孝忠慢腾腾说：“假若双方合作成功，松浦市的知名度又会增加几分了。”让他担心的是，邵杰反对市政府的方案，坚持募股经营的策略，这是一道坎，难以逾越的坎。所以，曲孝忠内心并不轻松。

曲孝忠又看了看袁天易眉开眼笑的样子，有了几分担忧。袁天易的性格自己知道，他能与日本人合作吗？一山不容二虎，他岂容别人插手事业？城隍庙奠基仪式结束后，曲孝忠与袁天易打过招呼，推说市里有其他会议，不能参加宴会了。

袁天易脸上凝固的笑容渐渐消散了，他有好多话要对曲市长说，哪知道他这般忙。其实，曲孝忠只是找借口，他不忙，但当今是廉政建设敏感之际，他很谨慎，一旦违反党纪，轻则处分，重则“双开”，真是要命！

客人吃喝一番散去，俞伯琴刚想告辞，袁天易喊住她，说：“我有事要问你。”

俞伯琴站住，她喝得脸上容光焕发，说道：“袁总，你的事业越干越大啊！”

袁天易摇头，苦涩的笑容爬上嘴角，说：“伯琴，你只知其一，不知其二。我回来投资办实业是为了发财，搞实业的人哪个不想发财？但市里却想让我给家乡做贡献，安排就业。比如说，让我恢复古建筑，提升市面景观形象，或是无偿修缮城隍庙。我又不是慈善机构，上千万投资都由我提供，这不妥当。我不会那么傻！”

“与我们合作项目呢？”

袁天易大大咧咧地说：“我不管什么‘绿太阳’！我见到日本人就烦！”

看来举行重修城隍庙仪式只是一场骗局，俞伯琴很是失望，不由焦急地说：“天易大叔，你这么做太危险了！既然承诺了，就必须要办到。言而失信，这是商家大忌，您以后怎么与他人共事？”

袁天易笑笑，说：“铁打的衙门流水的官。他们一走，一了百了！我的意图就是以利益换取利益。举办仪式，给他们一个甜枣，他们认可我了，就同意让我买下红光厂了。”他说到这里，打量俞伯琴一眼，说：“你爸还好吗？”

提到父亲，俞伯琴的眼里冒出一丝悲伤，说：“爸爸前年因病去世了。”

袁天易叹口气，说：“我和你爸对脾气，在厂子上班那阵，他和我关系最好，可惜没了！伯琴，以后有什么难处，找我好使。”接着，他又把顾俊喜介绍给她认识。俞伯琴笑道：“我们早认识了！”顾俊喜说：“咱们还没有握一下手呢！”俞伯琴见他满脸苍老样子，只说道：“没那个必要吧？”这时候，俞伯琴的手机响了，她拿起手机“嗯嗯”两声后，对袁天易说道：“小野先生找我，没什么事情我该走了。”

“小野是我最大的竞争对手，他也打算买红光厂。你把他的底价透露给我，好吗？”袁天易望她一眼。

俞伯琴像吃了一只苍蝇，很觉恶心。这不是吃王莽饭给刘秀做事吗？她见袁天易目光执着，又不好拒绝，只得敷衍地点点头，匆匆而去。

小野这个人习惯把每天的工作日程都安排得满满的。他每天清晨醒来头一件事，就是把头一天的工作筛理一遍，有不如意之处便要做好标记，在以后工作中改正。然后，他还要对新一天的工作做出安排，保证这一天的事项按照计划完成。只有近几天，他的工作程序发生了混乱，出现了几个意想不到的难题。

首先就是由“绿太阳”赞助举办的车床技艺大赛，没有达到他预期的目的。由福冈技师操控的X—120数控车床是“绿太阳”总公司富士山通用机床株式会社研发的新型车床，与德国最先进的嘎玛车床性能不分伯仲，价格只有嘎玛牌的一半，在市场上本应有很好的前景。另外，新开发的五轴联动加工中心也没有了市场，这是专门用于加工复杂曲面的加工中心，科技含量高、精密度高，这种加工中心系统可以应用在航空、航天、军事、科研、精密器械、高精医疗设备等行业。中国是制造业大国，现在正向制造强国迈进，需要更精确、更尖端的制造设备，小野首先想到的便是东北的老工业基地，这里有长春汽车制造基地、鞍钢集团、北大荒粮油集团、大庆石化企业集团等。这些企业是中国装备制造的骨干企业，他们所用的配件由附近的城市供应，而这些城市要想生产出更优质的零配件，必须淘汰陈旧的机床。小野借着合作之名，考察了几十家机加企业，他看到的大都是陈旧的加工机床，偶尔也见到数控机床，但与当今引领世界潮流的机加设备相比，至少落后二十年！最让他咽不下这口气的是，杨进全居然用一台老旧的数控机床，凭娴熟的技术，击败了福冈技师，赢得了电视大赛金奖。这让小野感到颜面尽失，新研发的车床也受此影响销路不畅，他受到了上司的训斥。

再就是并购红光厂遇到了袁天易这个竞争对手。红光厂原来是日军侵华时期，日本人开办的一家铁工厂，专门给日本关东军提供设备，后来又为他们维修车辆、炮车。1943 年开始生产炮弹、枪械配件，并正式命名“松浦化学株式会社”。其实，他们当时正计划研发生产化学武器，只因为日本很快战败，“伪满洲”国垮台，这项计划才没有实施。小野奉总公司意旨，决定并购红光厂，有着更深层的用意。哪知道他出师不利，遇上袁天易打算将工厂买下来，拆除厂房，重新开发。他这样从中插一手，参与竞价，使小野没能成功。小野退一步打算，假如与松浦电气谈不成合作意向，最好与桂普公司建立合作关系，并购红光厂，建立一家合资企业，也算达到了目的。

但袁天易不识相，他虽然因为聚众赌博受到过刑事处分，但骨子里也瞧不起日本人，他玩着手里的硬币，客气地说：“小野先生，那天城隍庙开工仪式，多谢您赠送的青瓷花瓶。”小野脸上洋溢着愉悦的笑容说：“袁先生，我们联手兼并红光厂，以后利润大大地增加！”袁天易嘿嘿一笑，表情不冷不热地拒绝了小野的建议，说他不懂制造项目，感兴趣的还是房地产业。小野讨个没趣，走后，袁天易对手下奚落小野说：“这个小日本，跑到中国搞什么名堂？我是谁，也不打听打听！这小伎俩，还能糊弄了我？我搞我的房地产，他弄他的机加项目，井水不犯河水，互不沾边！”

小野虽然在他面前点头哈腰，显示出谦卑的样子，心里窝的火却难以压抑。到中国投资，是政府欢迎的呀！他们的企业能安排人员就业不说，各种税按章交纳，哪一点对地方经济不利？没有外国先进技术引进，哪有中国今日的发展？当然，小野能容忍，他要的是利润，不是意气。在商界摸爬滚打多年，小野见识得多了，他有对付竞争者的办法，现在采取制衡行动，为时过早。他把俞伯琴叫来办公室，正襟危坐在老板桌后，一直观察俞伯琴的表情，足足十几秒后，他才说：“城隍庙开工仪式很热闹？”

“只是个假热闹而已。”俞伯琴淡淡地说。

小野面露诧异，问：“此话怎讲？”

“袁天易不会花上千万元修复古建筑，除非市里给他更大的利益。”

“哦。”小野沉吟，“看来，袁天易真是一个难斗的主！”

俞伯琴不解，问道：“此话又怎讲？”

小野说道：“据我们搜集的资料判断，中国的有钱阶层，一旦开始往慈善事业投钱，进取心会立刻萎缩；袁先生不肯向慈善事业投钱，说明他对钱看得太重，对钱的欲望还是很高的！”

俞伯琴说：“您的话，我不明白。”

小野哈哈大笑，说：“我在松浦市投资，主营机加业，现在看来袁先生是我最大的克星了。他的胃口比我大，红光厂看来一时很难拿下了。”俞伯琴奇怪地歪头看他，不知道小野为什么对红光厂那么感兴趣。小野似乎看出俞伯琴的疑惑，他背着手走到窗前，那儿的鸟笼子里饲养了一只鹩哥，他观赏鹩哥吱吱喳喳学语，又往里面投了食，才转身说道：“红光厂原来是我们日本人建的厂子，后来中国在苏俄帮助下建的军工企业。”

俞伯琴还是不明白，“伪满洲”国期间，日本在东北建了很多企业，难道都想失而复得吗？她见小野表情透出的自信，突然醒悟了，说道：“噢，我知道了！红光厂里面一定埋藏了你们的什么宝物？”小野轻蔑一笑，“要是真有宝贝，早就运回国了。要说为什么并购红光厂，若你在厂子多工作几年，也会明白我的意图的。”

小野的暗示并没有让俞伯琴明白小野的真正意图。罢了，累坏脑细胞不合算，她问小野：“你催我马上返回来，有什么事情啊？”

小野问：“进全君有加盟‘绿太阳’的打算吗？”

“他现在还挺犹豫。”她如实回答。

“为什么？”小野奇怪地问。

“外资企业收入高、待遇好，但竞争意识强，在国有企业干得时间长的人，不会适应。我估计杨进全当市劳模后，成为典型人物，他走不出厂子了。”俞伯琴猜度。

“他看重不值钱的荣誉，实在傻瓜！来‘绿太阳’，我保他能获得更多的奖！”小野的口气很大。

俞伯琴觉得有些事情不像自己想得那样简单。她有一丝想不通，小野把红光厂、杨进全都当宝贝一样，穷追不舍想据为已有，这本身就很奇怪。直到回到家，小野说话时的表情仍在她的心里，挥之难忘。夜晚很静，俞伯琴躺在松软的席梦思床上，摆弄微信。只有这时候，她才有时间与朋友沟通。当初红光厂那批年轻的徒工，几乎都跳槽了，各觅出路。像杨进全这样依旧坚守在国有企业的不多了。突然，她发觉微信上有个新的好友申请，昵称叫“祥云”，看了申请留言才知道是柳明。

她与柳明早就熟悉，也知道他辞职不干了，此刻，他加上自己，不用说也能猜出意图了。俞伯琴同意添加他为微信好友之后，柳明便迫不及待向她打招呼，直奔主题说道：“我把铁饭碗摔了，你能不能在‘绿太阳’给我安排一个职位？”

俞伯琴暗中幸灾乐祸，当时在红光厂上班时，她喜欢与朋友吃夜宵、去舞厅，或者到歌吧唱卡拉 OK。当时柳明是车间团委书记，借着培养年轻人的人生观、价值观为由头，公开批评俞伯琴，说她贪恋资产阶级生活方式，有不健康的社会交往，让俞伯琴抬不起头。

现在，走投无路的他，竟然托自己的门子，打算在“绿太阳”寻找出路。俞伯琴暗中高兴，她对柳明太了解了。柳明是一个“有奶就是娘”的家伙，只要能有利可图，他可以出卖一切。俞伯琴灵光一闪，她在微信上对柳明说，得知他辞职，甚感意外。在车间主任的位置上干得好好的，咋不干了呢？

柳明用语音功能跟她说：“俞伯琴哎，你虽然离开了松浦电气有限公司，但在厂里耳目很多，肯定早就知道我和杨进全的事了。他当上市劳模，还得了不少奖金，牛气起来了，车出了废品，我说他几句反而与我吵了起来。公司老总和稀泥，这口气难咽，我只得辞职不干了。”

俞伯琴与杨进全有私交，毕竟是她师傅。她跟柳明的关系就差多了，唉声叹气地说：“我现在给小野干活，这碗饭难吃。日本人干事认真，你是知道的。”

“没啥，为了生活，我豁出去啦！”柳明几乎在乞求。

俞伯琴心软了，干巴巴笑了几声，说：“那好吧，谁让咱们是一个厂子出来的呢！”她话头一转，又说：“小野早想买下红光厂，到时候需要大批管理人才。凭你的能力，至少能当上部门经理。”

“多谢你的提携了，我不会忘记你的！”柳明的话里充满奉承。

俞伯琴接着说："你能知道小野先生为啥要买下红光厂吗？"

"厂区大，设施完备。"他说。

"不对吧？那完全可以在开发区征地建厂，不是更现代化吗？"俞伯琴想不出其中原因。

柳明虽然对这类话题不感兴趣，但他此时需要俞伯琴帮忙，因此极有耐性。他想了想，脑洞大开，说："那还用说吗？红光厂原先是军工企业，有很多机密，过去研制航弹制导装置，还有自行火炮技术，这些东西现在虽然落后了，但日本人感兴趣。"

俞伯琴半晌无语，她没有想到这些。和平年代，人们追逐物欲生活，放松警惕，漠视了一些敏感的东西。俞伯琴顿时失去了聊天兴趣，对柳明说："我会向小野先生举荐你的。晚安！"

第十六章

袁天易相中了红光厂的偌大地盘，打算在这里开发楼盘与商业街，可以赚得盆满钵满；小野也极力想并购这块地方，将旧厂房改造后，建成亚洲最大的机加基地，而且是集研发、装配为一体的巨无霸工厂。小野的主意不错，只因为遭遇邵杰的抵制而没有结果。所以，红光厂何去何从，依然一直没有定论。

邵杰心情沉重地说："红光厂是我国历史最早的兵工厂，为中国解放战争做出了巨大贡献，如果现在让日本企业兼并了，是耻辱啊！日本人能在此建机加基地，我们就不能吗？松浦电气有限公司这几年发展迅速，产值、利税倍增，说明装备工业发展潜力巨大。"此时，红光厂不再是市里的包袱、噩梦，也不是烫手山芋了，而是一块待价而沽的宝地。市委、市政府里很多人议论纷纷，曲孝忠倾向将企业出让给袁天易，因为他资金雄厚，在雄安新区拥有大片开发土地，可以用于抵押贷款。

徐文昌与他意见恰好相反，他没有考虑邵杰的态度，而是看中了日资企业"绿太阳"，认为这才是机加能力最强的企业，只要"绿太阳"成为红光厂独资法人，加工的配件打入亚洲其他地区，肯定会带动松浦市人员就业、各种产业的发展和城市建设。当下虽然国内汽车生产企业技术指标要求很高，但松浦市其他企业能提供的零部件只占很少的市场份额，无法与“绿太阳”相比。而“绿太阳”的配件产品始终属一流、免检商品，且大半出口日本，这一点其他企业望尘莫及。

邵杰心里憋着一股气，他看准“中国制造”的潜力，下决心做强本土的机械加工业。他计划投资几千万，引进当今世界最先进的机加装备，可是企业自筹资金少得可怜，空有志向而无力施展能量。为此他在父亲邵义德面前大发牢骚，说只要形成加工规模，松浦电气有限公司还可以安排五千名下岗职工，带动松浦市其他产业共同发展。

这是邵杰两个月以来头一次看望父亲，他陪着父亲聊天，谈了自己的打算，很兴奋。邵义德听罢，像听天方夜谭，觉得理想很美好，实施很难。此间，接连有五个电话打到邵杰的手机，找他请示工作，都被他推掉了。

邵义德显得愈加苍老、衰弱，脸上的老年斑明显增多，他躺在床上，吊瓶慢慢输着液。他望了儿子一眼，眼神充满怜悯。他说：“文昌的性格你也知道，他是市长，有自己的工作思路。他也很难，千头万绪，必须平衡各方面关系。我老了，说话没人会听的，你的想法很好，把企业设备换了，可淘汰设备怎么处理？你想过没有？”

“建立分厂和培训中心，对新上岗员工开展岗前培训，这很有用。”邵杰颇有自信地说，“咱厂下岗员工，有技术的都能开办修理厂，机加车间的就有不少，还有在上海一家合资企业装配线工作的。现在的年轻人，认识到有技术求职就业容易，谁不想学技术？就业指导部门也重视岗前培训，培训中心可以挂‘松浦技工校’的牌子，还会得到财政支持呢。”

听他这番话，老人脸上浮出红晕，他喘息着说：“你的规划很好，实施困难也不小。我们都是端过红光厂饭碗的人，企业下放市里管理后，军工产品的研发、生产停下了，军改民又没有什么好项目，一步一步从困境中走到今天，真不容易。邵杰，老爹支持你的观点，我会再向文昌吹吹风，让市里支持你们，把机加项目做硬实了。”

知子者莫如父，邵杰鼻子酸涩，泪水就在眼皮里滚动，他努力克制住了。这时，他的手机再次响起，邵义德知道儿子很忙，催促他去忙公家事，说自己很好，有秋秋照顾我，不用挂念。

秋秋再次给邵杰斟茶水，邵杰拒绝了，正值多事之秋，他容不得发生变故，只得起身告辞了。

等待邵杰多时，袁天易有点儿坐立不安了。齐平说：“邵总的老爹病重，他去看望老人一下，马上会回来的。”袁天易说：“我打算租用一处场地，当作商砼场。”

齐平没听明白，他对建筑方面知识一无所知。

“就是混凝土原料堆放场。”袁天易解释说，“在松浦搞房地产，我们打算设个专业的商砼场，利用混凝土车运载到工地，这样施工现场不至于混乱了。”

“你再给他打一个电话？”齐平说。

袁天易得知邵杰在他父亲那里，便没有勇气打电话了。他对邵义德怀有复杂感情，正是邵义德当法院院长时，判了自己三年徒刑。虽然经过申诉后，邵义德同意解除自己的处分决定。可是市政法部门并没有明确态度，更没有支付赔偿金，可谓画饼充饥，糊弄人们耳目而已。袁天易由此怨恨交加，对邵义德采取了敬而远之态度。

谁又能想到，昔日声名狼藉而流落外地的袁天易，现在如同松浦市的救星，大家都希望他能拿出改变松浦市产业结构的灵丹妙药。袁天易心安理得地享受这种殊荣，他的形象天天出现在新闻里，像尊活菩萨，受到市民的尊重与赞扬。

袁天易与市里达成了红光厂职工住宅区改造协议，让居住在棚户区的人们看到了希望。当然，袁天易对这一带棚户区改造，不仅被免除了配套费、建筑税，连占道费、市区增容费也一律被免除了。有了这样的优惠政策，袁天易才能重修城隍庙，为那些遗弃多年的佛像重塑金身。

袁天易很忙，不打算继续等邵杰了，他告别了齐平，乘坐他那台凌志车绝尘而去。

邵杰赶回办公室，已是上午 11 点。齐平对他说，袁天易刚走。

“哦？他来干吗？”邵杰表情镇定地望着齐平，其实心里很忐忑。

齐平抓党建工作是一把好手，他深知企业面临的挑战，体贴邵杰的难处。他说：“袁天易打算在咱这儿租用场地，建一处商砼场地。”

邵杰自言自语道：“商砼用地灰尘大，对机加生产会有影响。”

“化工车间料场可以租给他用，那里距离这儿远，不会影响生产。”齐平提醒他。

邵杰轻轻拍一下额头，思索几秒后说：“齐书记，这事交给你办，由你和袁天易洽谈。”

齐平心发堵，党委书记出面和袁天易谈判，手伸得太长了吧？再说，租金多少，一直是敏感区，是否有从中谋取私利的行为，可不是好说的。齐平说：“得派一个人协助我谈判。”

邵杰不假思索地说：“你和魏工去。”

“他早跳槽了！”齐平提醒他。

邵杰再一拍额头，连声说：该死，瞧我的记性！柳明也辞职了，就让姜丽楠协助你办理此事吧。”

姜丽楠是一个很有情调的女孩儿，从不穿工作服，总穿着漂亮的衣裙，像花蝴蝶。她很是关心企业的命运，因为关乎自己的去向。恰好这时候，俞伯琴加上她的微信了。俞伯琴说，“姜丽楠妹儿，你忙什么事呢？”姜丽楠应付了一句便问，“俞伯琴姐，你有事吗？”

俞伯琴在这节骨眼找她，当然有事。俞伯琴是一个矫情女子，有事儿也不直说，而是先谈一些天气、流行时装这类话题，然后才说，老板又给她加码了，要她负责“绿太阳”的档案管理，真闹人。

“那还不好吗？加活儿加薪，你又会多挣钱了。”姜丽楠冷静挖苦了她一句。

“别提了！有文档、有技术档案，还有财务、人事等，把我弄蒙圈了！”俞伯琴很为难地叹了一口气。

这抱怨勾起姜丽楠的同感，她是办公室秘书，其实什么事都管，除了起草公文、可研，还要做收发、接待工作，档案工作也在其中。过去，这几项工作由七八个人管，现在精简只剩下她一个人了，经常忙得连眼皮都抬不起来。姜丽楠说：“咱们都从事天下最难的工作。哎，你们那个小日本并购我厂的事儿，进行到哪步啦？”

“唉，别提了，焦头烂额！”俞伯琴说。

“此话怎么讲？”姜丽楠感兴趣了。

“这边有袁天易竞购，那边市政府意见不统一，你们老总邵杰又主张自谋发展，弄得徐市长彻底没有主意了。”俞伯琴说到这里，她在语音中压低声音，很神秘地对姜丽楠说，“你们的技术文档上缴了吗？”

姜丽楠先是一怔，继而叹息说：“原先，企业归省厅，那些技术档案全部移交给省厅了。企业下放市里后，文书档案归市档案局，技术档案他们不敢接收，至今还存在公司档案室里，已经有三十多年了。”

俞伯琴小声说：“小野那儿有一份日本来的传真文件，虽然是日文，我也认得几个字，让他无论如何也要并购红光厂，说厂子有很多项技术十分重要。”

“是吗？看来小野很精明，咱们作废的玩意儿，他眼里有大用处！”姜丽楠很是好奇。

没有想到，俞伯琴没再问她消息，她觉得奇怪，又试着拨打俞伯琴的电话，仍无人接听。兴许她正忙公事，没有时间接电话？姜丽楠想罢，只得放弃聊天的念头。

姜丽楠没有想到，俞伯琴与她的聊天内容，被小野的员工通讯监视器捕捉到了。

那天小野有点儿心烦，并购红光厂的谈判很棘手，尽管他使出许多手段，但因有袁天易从中作梗，收购计划毫无结果。来自日本总公司的传真一再催促他，让他尽快打通市里主要领导关系，立即把红光厂并购到手。按照总公司董事会给出的底价，他至少还能弄到200万元的回扣。对这么大的企业并购案，他费尽了心机，眼看有了成功希望，却没想到袁天易从中插进一手，抬高了红光厂的身价。徐文昌看见两家公司竞相并购这家老军工企业，亦忧亦喜，他重新审视两家公司的投标建议书，又对照了邵杰的松浦电气有限公司发展规划，意识到以制造业立市，很有发展潜力。他想，假若没有自己的装备制造业品牌，在世界市场上恐怕难以立足。

小野很觉无聊，他打开藏在写字台下的员工通讯监视器，检查员工有没有私下违纪偷传信息的行为，这是他监视员工的一种方法。他突然听到姜丽楠与俞伯琴在微信上聊天，而且谈话内容那么敏感，不禁又惊又怒。假如俞伯琴发现“绿太阳”实际上是在从事间谍行为的证据，小野必将会被判定犯有间谍罪，再被绳之以法。他精心布局的行动，岂能轻易让部下看破。小野慌忙关掉了公司网络“外派”，然后气冲冲地推开了俞伯琴办公室的门。

此时，俞伯琴不知道手机信号突然消失的原因，仍然兴致颇高，忽然见小野脸色阴森地走进屋，忙问：“小野先生，您有事吗？”

小野打量着她，思忖如何处置她。事情发生得太突然了，秘密被泄露了，小野很是被动，也很紧张。小野甚至想对俞伯琴杀人灭口，可是，暂时他还不敢这么做，因为这是在中国，小野不敢肆意妄为。其实，小野现在对俞伯琴已经没什么感情了，他只注重自己的前途和财富。他冷冷地说：“俞伯琴，我对你怎么样？你说呀。”俞伯琴怯怯望他一眼，说道：“小野先生对我当然不错了。”

“你刚才与别人聊天，我听到了。”小野干脆直奔主题，说，“俞伯琴，其实你理解错了，红光厂早年研发的技术早就落后了，对我们来讲没有丝毫价值。总社为什么并购红光厂？你要知道，日本几大汽车企业在中国都有分厂、合资企业，需要配套企业提供零配件，市场太大了！红光厂机加能力潜力巨大，正合我公司的选厂规模，故总社要求将这家大型企业并购过来，建成东北最大的装备制造企业。真实情况就是这样，至于搜集一些资料，其实是为了解兼并的企业规模而已，没有别的企图。”

“哦，那很好啊！我对红光厂老厂区很熟悉，可以介绍一下情况。”俞伯琴言不由衷地说。小野其实早从卫星地图上掌握了厂区结构，但出于安抚她，假意表示对此话题感兴趣，没听几句借口说有事儿，便走了。俞伯琴看出他的敷衍，心情更低落了。她想，人可以攀高枝，但不可以忘本，损害国家利益是犯罪行为。她那日分明看见了日本总社的传真，虽然自己认得的日文字母不多，意思也猜得差不多。这时，她的手机又响了，她看了一眼来电显示，把手机关了。

袁天易此时正翻看由邵杰起草的《松浦电气有限公司发展规划》，这是徐文昌送给他的复印件，但他对上面那些数字并不感兴趣。他并购红光厂的计划因为小野插手而形成竞拍局面，继而因价格谈崩而搁浅，因此对小野一直反感，这个日本人究竟打什么鬼主意？

事情闹到这地步，能怨谁呢？曲孝忠在电话里向他诉苦，说邵杰是徐文昌的大舅子，是松浦电气有限公司法人代表，他从中作梗，坚决反对兼并，提出以国有资产作资本，吸收社会资金入股的方案，谁又有办法扭转乾坤呢？

袁天易无计可施，于是叫停了城隍庙的重建工程。

见城隍庙工程停下来了，曲孝忠便向徐文昌汇报说：“市民都在盼望城隍庙早日竣工，这样就停工了，反响很坏，市里怎么办？要拿出可行方案才妥帖。”徐文昌听后很生气，这个袁天易真是难办的刺头，出尔反尔，缺少诚信。当着曲孝忠的面，他不便发作，只得尴尬苦笑，说：“袁天易对没能购得红光厂赌气呢！”

曲孝忠说：“红光厂是东北老工业基地改造项目之一，市里也不好轻易决断。依我看，最好向省工信部汇报一下情况，请省办拿个主意。”

“不妥，不妥。企业下放由市里主管，企业的转型升级基础没有做好，市里有责任，怎么还能往上推呢？”徐文昌思索着说，“过去，一直被看成历史包袱的企业，现在有中外企业争相竞购，说明制造业前景很好。我改变主意了，还是要引进资金建成合资企业，装备最先进的制造设备，将企业推向市场。”

“没有固定的产品，企业还会举步维艰。”曲孝忠担心地说。

“能引进资金的企业，还必须要有好的项目。”徐文昌补充一句说。

曲孝忠终于听明白他的话了，心里也发凉了，看来袁天易没有戏了，连小野也得拿出真东西才行！他趁徐文昌接待外地客商的机会，给袁天易打电话，叫他务必寻找可靠的项目，增加合作机会。

袁天易气呼呼地说：“小野有加工项目，怎么不让他兼并？”曲孝忠小声说：“肥水不流外人田，你毕竟是家乡的实业家。”桂普公司主要从事房地产，工业项目是弱项。袁天易从曲孝忠透露的底细中，得知了市里主要领导的真实态度，感到十分纠结。他又看了邵杰的《松浦电气有限公司发展规划》，里面的意思是只让他投资，由邵杰负责项目运作，袁天易当然不甘心了。他希望把红光厂和职工住宅区连片开发，形成新的城区。

袁天易的内心颇有感慨，他站在桂普公司总部宽绰的阳台上，用高倍数望远镜观察远方的红光厂。此时，红光厂像沉默的老人，车间已经衰败，只有其中的一个大门显出生气，那儿便是松浦电气有限公司。除此外，其他几处大门始终静悄悄的，一条铁路专用线像蛇逶迤延伸向远方，却不见有火车开来。他志在必得地挥动一下拳头，红光厂必须成桂普公司房地产的用地！

这时，蝈蝈进屋对他说：“袁总，松浦电气有限公司的姜丽楠打来电话，说他们同意出租空闲厂区，用于商砼生产场地。”

“好，太好了！你马上让江润生在香格里拉饭店包一个房间，我要和松浦电气有限公司老总洽谈合作！”袁天易兴奋地说，他搓搓手掌，又自言自语，“真该再打几圈麻将，又来瘾了！”

第十七章

接连几天，俞伯琴半夜被噩梦惊醒，她感觉自己像野外孤鬼，游荡在空洞漆黑的深夜里，没有依靠，周身刺骨寒意让她心神不安。那天，小野召集“绿太阳”中层管理人员开会。俞伯琴不知福祸，闷闷地坐在墙角的椅子上，心里感觉孤独与无助。魏工挨她而坐，不时与她讲几句闲话。

“人才就是公司的无形资源，公司要把品牌做大，人才是最大的财富……”小野讲起话滔滔不绝，但这些很有煽动性的话灌进俞伯琴的耳朵里，她什么也没记住，仍然在画夹上胡乱画着杂七杂八的文字。“现在我宣布，升俞伯琴为副总经理，负责经营管理。”

魏工听了，对俞伯琴说：“哎，你这回成‘俞总’了！恭喜哟！”

俞伯琴吓了一跳，那支碳素笔“啪”地掉到地板上。

在“绿太阳”担任副总，意味着她除了升职加薪，还能享受专车接送。俞伯琴如愿以偿地实现了这一切，但她内心其实并不轻松，因为她知道自己德不配位，小野在此刻这么做，显然另有目的。

小野之前提她担任助手，内情只有她和小野知道——并非是因为她是他的情妇，而是她知道了企业的核心秘密。小野这次提拔俞伯琴当副总，有他的野心和新的盘算，他想把俞伯琴绑架到自己的命运战车上，达到俱荣俱损的目的。

袁天易这边通过与齐平接触洽谈合作，发现装备生产的极大前景，这让他很感兴趣。房地产业像轮盘赌，说不定哪天崩盘。而机加行业如有固定上游企业支持，发展会很平稳。袁天易想起自己在北京认识的一些汽车、飞机制造行业的老总哥们儿，只要自己打招呼都好使，便临时又改变念头，决定向机加行业挺进。

而小野得知袁天易有此打算是几天后的一个下午。阳光充足的午后，他有些昏昏欲睡，他便找来俞伯琴谈工作。他注视她亮亮的眼睛，用动情的语气说，没有兼并红光厂，上头怪罪他了。下一步他打算扩大厂房面积，增加 50 台各种机加设备，让她联系一家资质好的建筑公司。并征求意见地问她，“你看桂普公司怎么样?”俞伯琴告诉他说，袁天易与松浦电气联系紧密，有跨行业向机加行业发展的苗头。小野听到，沉静思考后，哈哈大笑，说：“正合我意！他踏进这行业，必然会赔本，我可以接手收拾他的烂摊子!”俞伯琴总觉得他的话怪怪的。其实，小野有他的思维方式、办事套路，他对没能“招安”杨进全而耿耿于怀。中国人这么重视精神追求，让他感到不可思议。给一个市级劳模就对高薪招聘不为所动，这就是中国人的荣誉感吗?谁不向往物质生活?小野也不明白，袁天易进入机加行业，是为了与自己竞争吗?假若过去尚且可以理解，但现在是 21 世纪，他此举实属荒唐。人不应贸然进入不熟悉的领域，机加行业水深，不呛几次水很难站住脚。小野等着看袁天易如何败走麦城。

小野始终不理解杨进全的举动，心存遗憾。他对俞伯琴说：“依我所见，进全君是大大的人才，他思维缜密，对机床的掌控有如程控般精密，‘绿太阳’需要他的智慧！你把他挖来，薪水、待遇多多的给！”

俞伯琴深知杨进全的性格，两个人私下聊了好久，都已摸透对方心思。杨进全告诉她，桂普公司每月上万元的薪水让他去，他也拒绝了，因为松浦电气有限公司对他很好，收入虽然低一些，员工干活有尊严，这是他最看重的。现在，他没有跳槽的意愿。这让俞伯琴实在困惑不解，投身在日企谋生，不等于不爱国。小野说看好杨进全的潜质，但俞伯琴不知道他看中了杨进全什么地方。福冈这个程控机床专家，输了比赛后眼珠发红，誓要与杨进全再比一场，看谁操作车床技术更好。小野是子公司的总裁，他对福冈的提议既没有兴趣，也没有那种权力，况且他的注意力都在并购红光厂上，只要并购了这个企业，他便离成功更近一步！

福冈兜售日产程控机床受挫后，他找了一个小酒馆消遣，很快就喝醉了。他回到公司看见俞伯琴就傻笑，说：“俞总，杨那样靠技术是不行的，我们日本的车床是一流的，下次比赛，我一定打败他！”

见他心情不好，俞伯琴好言劝慰，说杨进全是她的师傅，对车床技术钻研用心，偶尔获胜，不过侥幸而已。她的话刺痛了福冈的自尊心，他要求她牵线，与杨进全见面，两个人再切磋技艺。俞伯琴见他心情低落，没有正面答应，只把杨进全的联系方式告诉了他。

福冈还是很高兴，他有几个数控方面的专业知识要与杨进全探讨。但当他拨通杨进全的电话时，正在车床旁忙碌的杨进全没有接到，他干的是计件活，工作时会把电话关机，好专心操纵车床。那天晚上，他从微信上俞伯琴的留言中，才知道福冈想要和他切磋车床技术。

杨进全苦笑，他靠车床养家，而福冈靠推销车床赚钱，两个人属于不同岗位，对这种现代化生产设备应用有不同的理解，又有什么好交流的？杨进全是心性善良、淳厚的人，他想着福冈售卖车床销路不畅，肯定要受到老板责难，兴许饭碗难保。于是，他期盼福冈的电话，想听听他究竟要说什么。

一直到了深夜，杨进全已经躺下休息，他的电话才响了。杨进全一接通，那边果然传来了福冈那不正规的普通话："哈啰，您好！我是福冈，被您打败的福冈技师。"福冈的汉语还算可以，因为他要在中国推销车床，必须要会一口流利的普通话。"进全君，您的车床技术是一流的，我很佩服。我马上要回日本了，临行前有问题向您请教。我看到您的车床，是已经淘汰的设备，能够把切削掌控得那样准确，不容易！我打算给您提供一台最先进的车床，由您使用，向全国推广，您意下如何？"

杨进全听明白了，福冈把他当成他产品的试点，想借此给产品打广告。杨进全犹豫了，他的理念与福冈的理念有所不同，他想了想笑道："福冈君，多谢您的美意，我是松浦电气有限公司的一名普通员工，对这件事做不了主，您还是找公司领导谈吧。"

福冈听了，只得说："进全君的技术，本人佩服，有时间我们二人切磋交流一番。"杨进全客气地说："上次擂台赛不过是侥幸取胜，要说真正能精准车出优等零件的，还是要靠好的设备。中国有句老话，人巧不如家伙妙，说的就是这个道理。"

“进全君，刚才您说的那句话，我没听明白。”福冈急忙打断杨进全的话。杨进全解释后，福冈满意大笑，说此话真经典，完全可以当本社推销机床的广告语了。

次日下午，俞伯琴接到柳明电话，说今晚他来招待，在海鲜馆订了个包间，还要求把小野先生邀请到场。俞伯琴知道，柳明再也熬不下去了。柳明的妻子苏畔是小学老师，自从国家抬高教师待遇后，愈加瞧不起当车间主任的丈夫，动辄板起面孔训斥他。苏畔得知老公辞职后，大发雷霆，说这个家靠她几千元收入支撑，你柳明还有什么用处？柳明被逼无奈，才想着取悦俞伯琴，帮他找个工作。

俞伯琴当上副总后，被一大堆烂事纠缠，让她顾不得其他了。柳明在这个当儿请她，显然是想求她办事，这让她心里美滋滋的。俞伯琴推辞一番，听柳明用近乎乞求的口吻对她说，无论如何也要参加这次聚会，叙叙旧谊。哪有什么旧谊，烙在俞伯琴内心的除了伤疤就是恨意。一个女孩子涉世不深，刚进厂子结识男孩子，有什么不好？凭什么说这是追求低级趣味？她忽然想起杨进全，打算邀请他陪同赴宴。杨进全说：“别，柳明也不容易，见到我这个面子过不去，不太妥当。你可以邀请福冈陪同。”俞伯琴不高兴地说：“那是一个醉鬼！他去了至少喝两瓶红酒。”

进入海鲜馆，俞伯琴有点反胃。大厅里弥漫着腥辣味儿，让人不适。柳明偕同妻子苏畔早在大厅等候多时了，柳明见到了俞伯琴，眼里发亮，先把妻子苏畔介绍给她。苏畔已有 40 多岁，保养很好的脸上挤出的笑容有一些虚假的热情。苏畔牵着俞伯琴的手，进了香港厅。包间挺阔绰，有电视、沙发，还有专设的洗手间。服务生将灯光调到柔光，苏畔让俞伯琴挨着自己坐在主客位置，服务生上了六道菜，俞伯琴赶紧叫停，说只有咱们三个人，不必太奢侈了。苏畔说：“俞伯琴哎，你年轻轻的就成为‘绿太阳’的副总，真不简单啊！”

俞伯琴面露窘态，她当这个副总是小野的阴谋，企图让自己成为他的扯线木偶，任凭他的摆布。俞伯琴转移话题，与苏畔聊起了家常。苏畔得知俞伯琴至今未婚，便热情地说，她的学校有几个未婚男教师，个个都是帅哥，她若有意，便选一个介绍给她。

柳明瞪了苏畔一眼，认为她多管闲事。俞伯琴在外资企业当副总，什么样的男人没有？

苏畔极力奉承俞伯琴，无非想为老公谋个体面的工作。杯盏交错间，俞伯琴有些飘飘然了，她答应在小野的面前为柳明说几句好话。苏畔说：“你是主管人事的副总，小野先生哪有不听你的道理？”

俞伯琴笑笑，没有答话。

那晚吃请，俞伯琴没有自驾车，柳明便替俞伯琴打了一台出租车，送她回家。出租车一直把俞伯琴送到楼下，俞伯琴深一脚浅一脚地进了电梯间，到了十层又摸索着打开房门，滚到床上。很快酒劲麻醉了神经，让她睡了一个好觉。

次日早晨，俞伯琴赖在床上不想起来，这是一个充满阳光的早晨，不管你昨天怎么度过，今天还是重新拥有灿烂的阳光。此刻，手机里传来《陪你一起看草原》的来电铃声，多情的曲调让她振作起来。她看了来电显示后，迟疑地接了电话，里面传出柳明甜腻的男中音：“俞总，昨晚吃好了吗？”

俞伯琴明白，他这种问候，其实是在提醒自己办事。俞伯琴说："让你太破费了！"柳明笑得不自然，说："客气啦，能请俞总吃顿饭，本人很荣幸。"

俞伯琴知道他客气的用意，便回说："柳主任，你放心，我见到小野就推荐你。只是，我不知道你想干什么职位？"柳明犯了难，初来乍到，伸手要职要权总不妥当。但柳明也不糊涂，他说："我在你手下干事儿，让干啥都行！"

柳明是一个颇为自傲的人，他不会真的甘心在俞伯琴手下干事儿，这点俞伯琴心知肚明。上班后她见到小野，汇报财务工作时，顺便提到柳明求职一事。小野眼珠发亮，问他在松浦电气有限公司担任什么职务。俞伯琴说，"柳明担任机加车间主任。"

"太好了，我正需要这方面人才！你让他来见我，马上让他见我。"小野有他的打算，凡是从松浦电气跳槽的人，他一律接收，他对柳明还怀有某种期望。

很快，柳明赶到"绿太阳"公司，俞伯琴发现他衣冠整洁，头发梳理得纹丝不乱，显得很有教养，俞伯琴忍不住说道："柳主任容光焕发呀！"

"托俞总的福，我总该给小野先生一个好印象。"柳明说出心里话。

俞伯琴将他领到小野的办公室，小野正颇有闲情逗着鹩哥咿呀学语，见柳明进屋，转过身，表情严肃地示意柳明坐在沙发上。俞伯琴刚想退出，小野说，你也请坐。小野说完，便又转身给鹩哥喂食，用镊子给鸟梳理羽毛。这种怠慢的行为，立即让柳明感到压抑。他看了一眼俞伯琴，但俞伯琴没有表态，她太了解小野了，装腔作势，臭毛病！

果然过了几分钟，小野才转过身子，脸上充满傲慢。他打量了一下柳明后，脸上才换上愉悦的表情，问道：“柳明君，您什么学校毕业的？”

柳明回答他是电大，学的机械制造专业。小野表现出极大的兴趣，又问了他在松浦电气有限公司的经历，然后很满意地说：“‘绿太阳’不会怠慢人才。俞伯琴，我决定让柳先生担任公关部经理，你意下如何？”

俞伯琴见柳明兴奋的样子，说：“柳明有工作经验，他会称职的。”

柳明离开小野办公室时，向这位“绿太阳”掌门人深深鞠了一躬，表示感谢。俞伯琴把他领到一间办公室，只见屋内宽绰，布置豪华，写字台上配有电脑，沙发旁还有茶几，他疑惑地问道：“我在这里办公？”

俞伯琴点点头，说：“不错，这里就是你的办公室。”

第十八章

刺梅在每年夏季的松浦市的大街小巷争相怒放，花红灼灼，叶绿疏落，绿不肥、红不瘦，颇有一种意境。其实这正是松浦市的独特景观，这座城市的土壤、气候还有干旱少雨的特点，十分适宜刺梅的生长，而且花繁、香气馥郁。刺梅有别于其他的花，它枝条间刺叶多，花儿很难摘取，生长在道边十分可爱，且又不容易被人为破坏，这为刺梅找到了自由生长的空间。因此刺梅被当地百姓尊为市花，广为种植，受到大家的爱护。

红光厂对于松浦市政府便如同一束捧着的刺梅，决策层举棋不定，不知道该舍弃还是扶持。袁天易失望多于希望，他希望能不付任何代价接过红光厂，偏偏小野与他争夺，闹得不可开交。

而此时，钟凤鸣发现，房地产业仿佛正遭受一场严寒，他的楼盘开盘后剩下了上百套房子卖不动了。更糟糕的是，受三角债的拖累，浦业房地产开发公司面临破产。他慌了神儿，再没心思去高档饭店，好车也卖掉了几台，来公司讨债的人接连不断，有的债主干脆把他告上了法庭。钟凤鸣给邵欣挂电话诉苦，说自己点儿太背，最终让三角债压垮了。邵欣见他没有再向她要八大庙开发地块，长舒一口气，告诉他说，中国房地产正处调整阶段，只有北上广等一线城市状况尚好，中小城市情况很糟。钟凤鸣说：“邵姐，以后可怎么办呢？”他六神无主，邵欣心里却很高兴，暗中骂活该，这些年真是被他烦透了。不过，邵欣嘴里安慰他说：“熬两年还会有转机的。”钟凤鸣叹口气说：“松浦市规划面积本来就不大，袁天易这个赌鬼又挤了进来，房地产业不好做了！”

邵欣打了个喷嚏，她对钟凤鸣的话题不感兴趣，说：“凤鸣哦，我正审阅案宗呢，你先忙吧。”刚想挂断电话，钟凤鸣连忙插话说道：“邵姐，你得帮我。”

“又是啥事哇？”邵欣一惊，眉头拧个结。

钟凤鸣嘻嘻一笑，说：“我引进了一个精细化工项目，挺赚钱的。你跟邵杰大哥疏通一下，在红光厂里给我弄一间厂房，把化工项目落到他那儿。当然，租金要低，水电费全免，我会重谢邵姐的。”

邵欣听了，满脸不高兴。她冷冷地说：“现在企业都走市场经济，你让红光厂吃亏，我恐怕做不到。袁天易租了一块场地当商砼场，每年还给八十万元租金呢。你的化工企业至少得上百万元租金。”钟凤鸣大叫：“老天哪，我的精细化工厂每年产值才上百万元，你跟邵杰哥讲，象征交二万元得啦！”

邵欣苦笑，说：“那我办不到。不过，你也不是不认得我哥，你直接找他吧。”钟凤鸣说：“我不愿意看他的脸子！当一个破产企业老总，牛哄哄的，其实他有啥牛的？弄个加工项目也是不死不活的。你不知道，松浦电气有限公司要被‘绿太阳’吞并了！”

“不要瞎说了，松浦电气有限公司经营状况很好。至少没有债权人告他们。”邵欣嘲讽了他一句。钟凤鸣哑然了，他悄悄地挂断了电话。

这天，邵欣被派到北林区法院复查案子，然而她首先阅的卷宗是一家经济纠纷案。

她发现居然是袁天易的桂普公司涉及欠水泥厂二百吨水泥款的案子。虽然袁天易与邵欣的暗恋无疾而终，但毕竟是初恋，那些陈年往事像丢失的记忆，忽然又重新浮现出来，让她感慨万分。其实，袁天易对她的感情是那么纯粹，没有一丝尘埃，让她的初恋变得甜蜜，也刻骨铭心。那时，人们生活水平低下，每次袁天易外出购件，都忘不了给她捎些小物件，从纱巾到化妆品，一律都是女孩子喜欢的东西。邵欣有时也想，若她与袁天易真的走到一起，也未必幸福。袁天易赌性十足，且事业有成后艳福不断，对此邵欣偶有所闻。想罢，她心头发凉，人进入中年后，真的变得现实多了，年轻时代的纯情少了，利益纠葛多了。有些感情，因时间与距离而贬值了，邵欣不愿意见到和帮助袁天易，主要也是不想回忆那份青涩的初恋。

看了一会儿卷宗，邵欣眼皮发硬，她揉揉眼皮，看着桌上立着的镜子里映出的这张中年妇女的面容。邵欣微胖的脸颊，难以掩饰的眼角纹，还有眉间的褶皱都告诉她，自己的确步入中年时代了。她突然惴惴不安，因为最近徐文昌很少与她温存了，每天回到家里，他懒洋洋地坐在沙发看电视，再不就是没完没了地接电话，也不知道他究竟忙些什么。

只要徐文昌回到家，邵欣便会有意撩拨他。可到了休息时，却让邵欣失望了，徐文昌倒头就睡，呼噜声不断。邵欣看着他熟睡的样子却睡不着。有时，她会恼火暗骂，没有邵家的栽培，你徐文昌是个啥？想罢，邵欣便有些委屈，偷偷掉了眼泪。

有一次，袁天易到庭调解，当调解结束后，他对邵欣说：“哎呀我的小姑奶奶，你变得更漂亮了！”

邵欣嗓子有些紧，她不知道该怎么样对待他。初恋的痕迹深藏心里，那些昨天的故事，一直让她感慨世间的无情。她说：“天易，你别开玩笑了，我早已经老了！”

“欣欣永远年轻！”袁天易没有掩饰对她的一往情深，说道：“欣欣，你知道吗？我的婚姻一塌糊涂。事业有了转机后，我就照你的样子找女人，看一个不像你，再看一个又不如你。天下没有再像欣欣的女人了！”邵欣抢白说：“你别装啦！天易，你身边女孩儿挺多嘛。我问你，那个叫卓亚雪的女孩儿与你啥关系？”袁天易脸上露出诡笑，说：“亚雪多像欣欣啊。”

“胡说！她比我年轻时漂亮多了。”邵欣坦诚地说。

袁天易说：“那是长相。欣欣，她有些习惯与你近似，我认识她后，觉得是你陪伴着我，心里就知足了。”邵欣听他这么说，不再吭声了。袁天易发觉，在她这儿逗留时间长了，不太适宜，便匆忙告辞了。

出了法庭，袁天易钻进一台凌志车里，开车的卓亚雪抱怨说：“你怎么在法院里待这么长时间？快急死人啦！”

袁天易镇静地说：“经济纠纷，很棘手。”卓亚雪开着车说：“我见水泥厂那个律师早离开了。”

“唉，咱得向法官说几句客气话。”袁天易佯装无奈。

卓亚雪又说：“袁总，我见邵法官跟你关系不一般。”

“啥？别胡说！”袁天易担心她传出去，影响不好，训斥说，“你知道她是谁呀？徐文昌的太太，她是市长夫人，咱能不跟她套近乎吗?”

“我不管你跟她关系如何，我是女人，从她的眼神可以看出，你们关系真不一般。”卓亚雪把车子开得很快，袁天易大喊，让她开慢一些，说这条大道有“天眼”，弄不好要被罚款扣分的，可卓亚雪根本不听他的劝说，径直把车子开到公司楼下。袁天易下车，刚走进大厅，只见姜丽楠从沙发站起了身，她笑容可掬地说：“袁总，我等你多时了!”

“你是?”袁天易怔住了。

姜丽楠莞尔一笑，这迷人的笑容让袁天易马上记起来了，他说：“喔！我想起来了，你是姜丽楠秘书!”

“袁总真是贵人多忘事儿。”姜丽楠的笑容很妩媚。

“你找我有事吗?”袁天易明知故问。

“桂普公司租用的场地开始运营，按合同要求，所欠尾款都要回收了。”姜丽楠提醒他说。

“哦？哈哈!”袁天易亲热地拍了她一下，说：“丽楠，不要跟我提钱，那样太俗气!”

姜丽楠听不明白袁天易的意思，用困惑的眼神投向他身旁的卓亚雪，她发觉这是一个挺有魅力的女孩儿，便说：“袁总，我只负责回收欠款。那就不提钱，提你们的欠款!”

袁天易哈哈大笑，称赞说：“你真聪明，只有俗气人才看重钱。”说罢，他便让姜丽楠进了办公室坐下，卓亚雪给她送来了咖啡，问她搁方糖吗？姜丽楠客气地说道：“我太胖了，不用放糖。”

他打量她，颇有情调地说：“年轻女人以丰满为美。你不算胖，只是丰满，而且恰到好处，可爱又漂亮。”

几句话恭维得姜丽楠晕头转向，她笑得像含苞欲放的花儿，说：“袁总您真有趣儿，谈钱俗气，谈讨债却可以。那么袁总，余款总该到支付的时候了。”袁天易没有理会她的话，从兜里摸出一枚硬币，狡黠地冲她一笑，说：“好啊！你讨余款，我可以给。不过，咱们赌一把，看老天让不让我给你欠款。”姜丽楠被他的提议弄糊涂了，她是来结账的，可不是与他赌博的。一旦输了，难道他还会赖账不还吗？姜丽楠便赔笑说：“袁总你真能开玩笑，还款你还用占卜吗？”

袁天易正色说道：“老天的意志是我的运气。这些年，我靠赌赢得一大摊子家业；以后，还要靠赌成就我的事业！”他问姜丽楠：“看你今天能否拿走这笔尾款。你要闷儿还是字儿？”

姜丽楠在他逼迫下选择了字儿。字儿是吉祥面，有人在街头见到硬币，是背儿便不肯哈腰捡，认为晦气。袁天易将硬币在手掌中晃几下，然后弹上桌面。只见硬币在桌子上转悠几圈，“砰”地倒下。姜丽楠捂住胸口，紧张地注视倒在桌面的硬币。见硬币是背儿朝上，她差点儿晕倒。袁天易指着硬币说，尾款我暂时不能结，你告诉邵杰，红光厂也有我的一份儿，使用旧厂房场地，应当是买断工龄职工的一种待遇。”

姜丽楠听了后，脑瓜里面一片混沌。

第十九章

“荒唐！实在荒唐！”邵杰听了姜丽楠汇报，恼火万分，无奈地狂喊。他很气愤，袁天易这是要弄他呢！哪里仅是要弄他一个人，全公司员工都被他玩弄于股掌之中！齐平一直静静坐在旁边喝茶水，这时才说：“袁天易是一个混混，从他手里拿钱，简直像抽他的血，剥他的皮。我看这样吧，我找他要这笔钱。”

邵杰欣赏齐平的主动，再三叮嘱，最好端午节前把款收回来，给员工搞福利，也能去看看困难的下岗职工。

让齐平没想到的是，找袁天易讨要尾款不容易。袁天易接他电话，一再推说他今日很忙，过一段时间再说。齐平心里窝火，但还是耐心地交涉说：“袁总，你也得替我们考虑，你既然租了场地，租金已经宽限你好几个月了，不能再拖了。公司还打算用这钱给下岗买断工龄的老职工买粽子，到家慰问呢。”袁天易嘿嘿一笑：“齐书记，我也是下岗的老职工啊！”齐平忍住无名火，说：“袁总，你太能开玩笑了！下午，我让姜秘书去你那结账，好不好？”

袁天易听得不耐烦了，他说：“我也是下岗困难的老职工，现在穷得只剩下钱了!”

见他的话越说越不对路数，齐平挂断了电话。他喊来姜丽楠，让她再跑一趟。姜丽楠从心里不愿再见到袁天易，认为他太滑头，不诚实。她见齐平严肃的样子，只得硬着头皮再去一趟桂普公司。

这次，姜丽楠连袁天易的面都没有见到，只有卓亚雪接待她，并用一种傲慢的口吻说：“你总来纠缠我们袁总干吗?”姜丽楠听后，差一点儿气哭了，她的话说得自己仿佛没羞没臊!

她气呼呼地返回公司，找齐平交差，说：“这种事儿我再也不能干了!”齐平听后也恼得不行，他眼珠红红的，气哼哼地给袁天易又挂了电话，但打了几遍都是呼叫转移，于是给袁天易留言：你再不交尾款，场地就不准你公司使用了!

三天后，天气阴云密布，雨不停地下。齐平让公司保安将化工分厂的大门锁上，并吩咐没有他的话，任何人也不准出入。

党委书记的话是命令，哪个人敢不听?何况场地出租金可以给大家搞福利，涉及个人利益，谁都会奋勇争先的。

大门锁上后，桂普公司派往商砼场上班的员工进不得院子，运输混凝土的搅拌车也开不出院子，而桂普开发的楼盘急需浇注混凝土，一时间大门前像械斗场，公司的保安与上班的商砼场工人隔着大门对骂。几次交涉不成，陈志成急了，他是商砼现场的负责人，又与邵杰家有亲戚关系，松浦市的地面他还怕谁?他头脑一热，顾不得后果，打电话从公司调来了铲车，几下就铲倒了大门，然后率领几个人赶跑了保安。陈志成气冲冲地说：“你们这是犯罪行为！我们要维权，告你们干扰我们正常工作!”

场面十分混乱。双方员工互不相让，有举棍棒的，有操石块的，互相咒骂，眼看就要打到一块儿了。齐平赶到现场见状，发现问题严重，连忙给派出所打电话报警。派出所所长陈一兵领两个警察赶到现场，陈一兵见大门被铲车推倒，认定铲车有违法行为，便将铲车司机和陈志成带到派出所关押了起来。

袁天易在工地上急得直打转转，他见水泥罐车始终不见踪影，商砼场地又闹出大事，知道玩笑开大了，急忙给徐文昌打电话，想来一个恶人先告状。

但几分钟前，邵杰已经给徐文昌打了招呼，说明了化工分厂大门前发生纷争的原因。虽然红光厂做法有欠妥当，但不容置疑的是，袁天易故意拖欠场地出租费也是有责任的。徐文昌左右为难，一个是国字号大型企业，而且老总又是他大舅哥；另一个是由他主张引进的实业家，而主谋调来铲车的又是陈志成这个表弟！尽管在感情上他与袁天易之间有恩怨、摩擦，有难以启齿的经历，但毕竟袁天易是他引进的投资者，总得要高看一眼。对市里经济发展，邵杰功不可没，他放弃进入市政府直属局办的机会，舍弃自我利益，大力推进红光厂起死回生，有了良好的发展前景，松浦电气也是标杆企业，更应当高看一眼了。所以，他给邵杰去电话，要求他先息事宁人，不要把事情闹大了。

邵杰觉得被欺侮了，他火冒三丈，拍桌子大喊："你这个当市长的一味迁就那个赌徒！还有王法吗？"徐文昌低声解释说："有些事必须要放开胸怀，我心里有数，等理出头绪后，我会妥善处理好此事的。"

刚安抚了邵杰，那边袁天易又打来电话。他诉苦说："齐平把我们的人送进派出所了，工程停下来了，这怎么能行呢？徐市长，说句公道话，我欠他们几十万元不假，但影响了施工进度，我损失可大了！”徐文昌知道他夸大事实，但为了化解这场闹剧，不得已给公安局长打去电话，请求他放人。公安局长本身对桂普公司的行为很不满，说他们是一些鸡鸣狗盗之徒，到处惹是生非，但他还是答应了徐文昌的要求，当天晚间把陈志成和铲车司机释放了。

袁天易也算赢了一把，认为徐文昌给足了他的面子，很是高兴。邵杰听闻后则气愤极了，他拍桌大骂荒唐，然后气呼呼地给徐文昌打电话，说：“简直没有王法了！红光厂毕竟是国有企业，不是谁家的私人产业，更不是任人宰割的羔羊，袁天易手下人竟置国法不顾，敢调动铲车推倒大门？这不行，必须要严惩犯人！”徐文昌解释说：“不要把事情闹大，市里会妥善处理此事。大哥，你也知道，爸爸病情很重，你再气出好歹，真的不好……”

邵杰嗤鼻道：“打盆说盆，打碗论碗，关咱爹啥事？我们要告桂普公司，这口气真的咽不下去了！”

第二十章

松浦电气有限公司员工和下岗、病残人员最终过了一个没有福利的端午节。端午节没有福利，在员工中引起了怨气。张凤苏开始抱怨上了，说：“袁天易真他妈的不是好玩意儿，又想赖账，害得大家没有发福利！”杨进全最近处了一个女朋友，叫刘淑梅，人长得算不上漂亮，单眼皮上有一颗痣，很明显，从相面学讲，会压运气的。杨进全却挺高兴，因为这样可以堵住母亲的嘴，让她不必再为儿子婚事操心了。端午节前，杨进全盘算用福利钱给刘淑梅买一双皮鞋，哪知计划却落空了。

杨进全对她说：“等这个月超额奖下来，咱俩去哈尔滨逛逛，再买两件衣服。”刘淑梅低垂眼皮，小声说：“我有衣服，你忙去吧。”

过了端午节，公司接到一笔大单子，为一家合资企业加工配件。其中的活塞加工材质与往常的不一样，而且活塞环只有一条，内行人一看就明白，这是一款新型发动机配件，加工指标要求高。齐平知道这批活过不过关，关系着公司的生死存亡，便召开岗前动员会，要求员工专心致志打一场技术攻坚战，争取优质完成生产任务。

杨进全发动机床，根据加工件调试程序时，齐平走到他面前，说："进全，你是车工里的标兵，一定要带头闯出去，摸索出成功经验。"

张凤苏此刻插话道："二老板，这种淘汰的机床，在日本早被当废铁了！"

"凤苏，你不能这么说！虽然说'人巧不如家伙妙'，但'家伙'还不是人造出来的吗？"齐平说话间，听到车间外有争吵声，便出去看看究竟。他见一群人拥着向化工分厂走去，十分纳闷，忙拦住一个老工人问发生什么事了？老工人气呼呼地说："袁天易又带人来闹事了！"齐平听罢，觉得事态严重，一边打电话报警，一边跑向化工分厂看情况。

此时，化工厂大门前，陈志成领着一群人往厂子里闯，公司多名保安奋力阻拦，双方争执不休。邵杰此刻早就到场了，他脸色铁青，因为愤怒，头发都竖起来了。他向陈志成交涉说："公司正与袁天易联系，请等一下结果！"陈志成不肯妥协，率领十几个人硬往里挤。从各车间赶来的员工见陈志成如此蛮横，个个怒火心中生，协助保安与他们对抗，场面乱糟糟的。正当双方闹得不可开交的时候，陈一兵领着几名辅警赶到，他把两拨人分开，然后走到邵杰面前，焦急地说："再不解决矛盾，事情就要闹大了！邵总，不如先让他们开工，再与袁总协商怎么办，行不行啊？"

邵杰气得嘴唇直哆嗦，没想到袁天易得寸进尺，唆使手下人闹事。他看了看倒塌的大门，还有愤怒的员工，强迫自己冷静下来。他与齐平简单商量后，决定先退一步，保证了商砼场地恢复生产，再由齐平去市里找徐文昌请示怎么办。恰好徐文昌在接待省里纪检工作组人员，曲孝忠替他接待了齐平。他听后，觉得事态严重，用电话叫来了袁天易。

半个小时后，袁天易才出现在他俩面前。袁天易明知此刻找他是什么事，却先大谈城隍庙动迁的难处。曲孝忠不客气地打断他说："天易呀，你桂普租用红光化工分厂的租金怎么办？你也该拿出态度啊？"

袁天易早就熟悉齐平，根本没把他看在眼里，大模大样坐在齐平对面，跷起二郎腿，取出了中华软包香烟让曲孝忠、齐平抽。两个人拒绝后，他抽了一支烟，然后吐出一股浓烈的烟气，说："老齐，我也是红光厂的老职工，为企业发展出过力、流过汗，我也应当享受企业福利。现在，利用工厂闲置资源，为社会做贡献，有什么不行的？"

齐平瞧不起袁天易的做派，活脱脱一个暴发户嘴脸。对袁天易的底细，他也很清楚。当今人们习惯用成败论英雄，对袁天易恶劣的过去反而忽视了，他见到曲孝忠对袁天易尊敬有加的样子，心里愈加痛苦。齐平压住心火，冷静地说："桂普公司与我公司签订了合同，就要按合同条款办事，至于你与红光厂都有什么渊源、纠葛，与这件事儿不沾边儿，请袁天易先生不要走题。"

曲孝忠的脸上露出讨好的微笑，说："双方都是一个目的，为松浦市的经济发展多做实际工作，我看还是把合同纠纷的事情处理好，总不能让此事惊动了法院。"

齐平站起身，激动地说："秃头虱子明摆的！你拖欠我公司场地出租金，只有通过法律裁决来解决了！"

袁天易抬起头，看看齐平，又瞧一眼曲孝忠，摊开双手，说：“这就奇了怪了！我利用的是老厂子的场地，又不是松浦电气有限公司的场地，你们与我签的合同是无效的！”

见他放肆的样子，齐平鼻子快气歪了。他的高论荒谬至极，简直是胡说八道。齐平对他怒目而视，讥讽地说：“我不会与不讲理的人对话，咱们法院见！”说罢，他扬长而去。

曲孝忠拦不住他了，只好对袁天易说：“袁总，我对此事也不好说什么，向人向不了理儿。松浦电气本来是红光厂改制后的企业，两个牌子一个厂子，这你也是知道的。你要是打官司，必输无疑。我看，还是坐下心平气和谈一下，分期把剩余的尾款还上。”袁天易把烟屁股掷进痰盂里，站起身说：“我听曲市长的，你咋说我就咋办！”

三天后，松浦电气有限公司状告桂普房地产开发公司拖欠场地租赁费的案子，被法院受理立案了。

夜很深了，邵杰才回到了家，他吃罢晚饭，妻子杨莉梅告诉他，说妹妹邵欣给送来了好烟好酒，摆在沙发旁边了。邵杰见是两条软包中华和两瓶茅台酒，奇怪地问：“邵欣说什么没有？”

杨莉梅看着电视，又换了一个频道。她对老公经常很晚才回来很有怨气，邵杰常年忙于工作，很少与她厮守，她也习惯了这样独守空房了。过了一会儿她才说道：“妹儿说了，公司与袁天易那个官司要开庭了，让律师去一趟，问能不能庭外调解？”

邵杰很恼火，本来公司占着理，为什么法庭不能秉公办案，坚持庭外调解？他问道：“这烟和酒是袁天易送来的吧？哼，又跟我搞这一套！你让邵欣给他送回去，我不要！”

杨莉梅温柔地望着他，说：“妹妹知道你喜欢好烟好酒，那是妹妹自家的。烟酒是她送给你的，说你当这个官儿没油水。”

邵杰没有再说什么。他认真思索一番，考虑如何斩断乱麻似的矛盾，把公司办好。杨莉梅突然搂住了他，柔情蜜意地说："天不早了，该休息了。"邵杰没有困意，说："你先休息吧，我不困。"杨莉梅说："不要再想烦心事了！你年纪也不小了，还不如趁早上岸，到机关谋一个位置。"邵杰看她一眼，问："这是邵欣的主意吗？"

杨莉梅避开他锐利的目光，说："不管谁的主意，正确的就该听。老公，现今人们多现实，不再是为理想献身的时代了！就算把公司办成全国头名缴税大户，工厂还是市里主管的企业，你那么操心，能多开一分工资我看看？咱们不要再操那份心了，我希望你到机关去工作，休年假时咱们出去旅游，我的同事都去了很多次新马泰了，可是我连想都不敢想。"

她的话刺激了邵杰，早年，因公出国，他多次去"新马泰"出差，对那儿已经没有什么新鲜感了。妻子渴望有一次夫妻同游，这种要求不算高，可他从来没有给她这样的机会，他欠妻子的太多了。他歉疚地说："老婆，你放心，迟早我会陪你出去玩的。"杨莉梅不相信地嘀咕一声："哼，你这话说八百次了，只有小孩子相信！"她倒在床上，把后脊背留给了他。

姜丽楠的文字功夫不错，但写"可研"就露了底，因为她对技改项目一无所知。她让杨进全提供思路，而他只会做，让他确定一个准确的称谓就不行了。所以，她将一个技改"可研"弄了三遍，公司技术室都没有通过，此时，姜丽楠真正地感到身心俱疲了。

杨进全有丰富的车床技术，但皆因缺乏理论知识，不能准确讲明技改称谓。这是杨进全的短板，也是所有工匠共同的弱项。他们大多只接受过初、高中教育，长年累月在机床前劳作，日积月累，灵魂与机床融成一体。他们这样的工匠充满经验，而技术研究人员却缺少实战经验，没有途径理解设备真实效能。当今，机械加工质量愈加要求精准，可谓差之毫厘，谬以千里，这也是现代化装备与昔日粗放型加工的区别之处。杨进全懂得技术的重要，除了自学理论，还比别人更用心研究技术；除了观摩别人现场操作，潜心摸透自己那台机床的秉性，还要细心揣摩加工图纸，对每一个细节都不肯放过，最终成为独自操作数字机床的佼佼者。几年间，他加工各种规格的活塞达 700 万只，废品率为 0.03‰，返修率只有 0.1‰，色标率都高出标准的 8%，给松浦电气打响了品牌，几家发动机厂家竞相委托他们加工配件，而“绿太阳”的订单则日渐减少，小野有说不出的郁闷，对俞伯琴抱怨说：“一个杨进全没能引进来，公司没有响当当的工匠，对外的加工活儿萎缩，损失太大了！”俞伯琴说：“你可以培养技工啊？”小野叹息：“远水解不了近渴，这个道理你不懂！”

邵杰深知品牌的作用，强调标杆的影响力，他要求姜丽楠一定把技改项目呈报市科技局，争取为公司申请一笔技改资金。

公司支持员工参与创新，杨进全浑身充满了干劲儿，他的爱情发展顺利。邵杰没想到，杨进全还是一个挺会动脑筋的人，他提建议说，企业生存，标准化很重要。他的建议书摆在邵杰桌上，字迹歪歪扭扭，却满纸热情。邵杰与齐平商量说：“杨进全这小伙子是可造之才。你看他改造的滚孔机方案就很好，不仅能节约资源、减少污染，提高产品质量，回收的柴油还可以重复使用。不错，不错！”

齐平心里高兴，口里却冒出牢骚话：“这个倔小子，可惜逼走了柳明！”

“这一点没有错，听说柳明现在在小野那里当公关部经理？”邵杰接着戳着建议书上的文字说，“你看，改进九倍精孔机床是一个好主意！我一直认为这种型号的机床太老了，需要退休。他提出改进方案，能发挥老机床的作用，让人心里开了窍。”

齐平也知道，九倍精孔机床主轴转速低，进刀迟缓，影响设备产能效率，拖了机加车间后腿。邵杰又补充一句：“我们要嘉奖他，为全公司树立学习的榜样。”

“我赞成你的决定！”齐平附和说。

杨进全可谓名利双收。他的技改建议又得了二千元奖金，还被抽调到465QA部件研发组，成了公司响当当的头牌工匠。张凤苏、小王，还有姜丽楠等一伙年轻员工起哄，要求他请客撮一顿。杨进全无法拒绝，说：“那得把我女朋友带去。”张凤苏说：“好哇！见见未来的嫂夫人！”

年轻人最喜欢凑热闹，喝酒聚会讲究气氛，只要气氛浓烈，喝高了也没关系。几个年轻人聚在了“众鑫聚”酒家的一间包房里。这是一家中档饭店，包房里配备卡拉OK，而且菜肴价格实惠，适宜年轻人消费。几个人坐下后，刘淑梅才匆匆赶来，显然化过妆，脸颊抹得很白。她扫大家一眼，在起哄声中走到杨进全身边。杨进全说：“你咋才来？”刘淑梅低声说：“浦北那边堵车，公交车走不动。”小王说：“师傅，也没给师母打一台车呀？”

杨进全瞪他一眼，说：“不要开玩笑！”

当菜肴上桌，酒满杯盏，大家就完全忘掉了斯文相，大快朵颐，吆五喝六，消耗着过剩的精力。姜丽楠挨刘淑梅坐下，两个女人聊着悄悄话，像找到知音似的。其实，刘淑梅十分留意姜丽楠的言谈，能被杨进全邀请的女人，跟他的关系肯定不一般。姜丽楠出于与她套近乎，便极力夸奖杨进全，几乎快把他捧上天了。姜丽楠尽拣好听的话说，可刘淑梅并非是头脑简单的女性，她听后，笑道："丽楠妹子，你这么漂亮，个人问题解决了吗？"

姜丽楠不知道她说话的真实用意，便诚实地说："我现在也找不着般配的啊！"

"你是找不着称心如意的吧？"刘淑梅饶有意味地说。

姜丽楠感觉到刘淑梅内心极灵敏，戒备心极强，是一个难对付的主儿，便转身与张凤苏攀谈起来，冷落了刘淑梅。杨进全正好面对包间房门坐，可以看见往来的食客，突然他见俞伯琴挽着小野从门前走过，两个人挺亲密的样子。过了一会儿，柳明也跟上了楼。杨进全暗想，这个小野也来饭店找快活了！

杨进全在酒桌时间长了，心里开始焦灼了，他想到了每天省吃俭用的母亲。哪知道小王、张凤苏起哄地劝刘淑梅喝酒，刘淑梅不胜酒力，不愿再喝，小王便说："那让师傅替你喝了！"

杨进全不能看着刘淑梅下不来台，只好替她喝了几杯，终于不胜酒力，真的醉了。

第二十一章

几天后，为了做好外环路、八大庙等项目招投标，松浦市从省城聘请来评标的专家。按惯例，评完标书，松浦市政府要请专家、各投标单位法人代表公开验标。老实说，袁天易虽然请了一流专家制作标书，但对一期工程能中标的信心不大。他对松浦市公路建设指挥部负责人曲孝忠发了一通牢骚："听说市里负责的分包工程早就内定了，我的标书若不中，就到纪检委告状！"

曲孝忠与徐文昌明和暗不和，他故作惊讶状说："徐文昌从不搞以公谋私的事啊！你这是小题大做，一定没有好果子吃的。"

这话惹恼了袁天易，他拍着桌子厉声说："全他妈都是龟儿子！徐文昌把持工程，每个工程早就有归属了！"

"袁总，祸从口出，小心点儿！"江润生这样劝说。

袁天易冷笑，他在松浦市从没有怕过什么人！

转眼到了外环路、八大庙项目开标的日子。上午，市里领导、专家和路桥建设的各家企业老总，足足有几十人齐聚一堂。

盛夏时节，天气很热，房间里空调不知疲倦地运转，凉丝丝的冷风弥漫了整个房间，将每个人内心的燥热驱散了些。因为期待自己能中标，袁天易尽管工地很忙也不肯离开，焦急等着结果。

常年在施工现场奔波的公司老总，借此机会了解业内动态，与招标单位加强感情联络，很有必要。袁天易更是周旋于人群中，他的肿眼泡儿笑成一条线，他想摸透每一个人的内心、每一家公司的背景，对比实力，从而知晓中标公司的内幕。很快他把目标锁定在了坐在曲孝忠旁边的钟凤鸣的身上。钟凤鸣因为有人脉，又极善于社交，很快成为市里出名的企业家。他的浦业房地产开发公司本没有路桥建设资质，他借用了其他道桥公司的营业执照投标。而这家公司有几位工程技术人员技术很过硬，而且这家公司在路桥施工上还创造了几项优质工程，把公司的名气抬了起来，钟凤鸣也顺理成章地成了曲孝忠的座上宾。见他们谈笑风生，表情默契，袁天易有点儿嫉妒，内心酸涩涩的，有种被排斥在外的孤独感。

于是袁天易硬凑上前对曲孝忠说："曲市长，我这次回老家投资，是出于对家乡做贡献，并不是为个人谋私利。"曲孝忠听出了他的言下之意，说："袁总，今天开标，不要谈别的事儿！"钟凤鸣听了忙说："你们有事儿，我就不打扰了！"说完，他坐回到自己的座位。

似乎在场的人都被即将到来的开标燃起了激情，变得异常亢奋。

然而出乎袁天易的意料，桂普公司竟然中了八大庙工程的标。钟凤鸣借别的公司资质中了一个标段，没有想到被其他公司举报，结果作废了。钟凤鸣为此当场大闹一场，被保安架走了。

袁天易看在眼里，对邵欣暗中佩服。看来，邵欣并没有插手工程招投标。他很高兴，要知道他的公司是市里重点扶持企业，这回中了开发八大庙项目，从房地产业到道路、绿化工程，统统有份，赚足了银子。他兴高采烈之际，不忘告诉江润生：“马上把工程预算弄出来，这个项目和其他项目同时开工！”

江润生小心提醒他：“袁总，战线拉得太长了吧？”

“我让你办，你就办，不要讲理由，我看的是结果！”他动怒了。

江润生只好按照他的吩咐去办。袁天易眯着眼睛，考虑如何对徐文昌表示感谢。袁天易领到标书后，驱车赶往市政府，恰好徐文昌在。他还没有说话，徐文昌便先开了口：“你公司中标是公平竞争的结果，不必感谢某个人。假如感谢，应当感谢全市人民！天易，你应当考虑一下，如何向红光厂投资，把装备业做强，这正是我所希望的。”袁天易见徐文昌期盼的目光那么真诚，觉得没有拒绝的理由了，便老实地说道：“那好，我听徐市长的。”

“天易，你是企业家，讲究的是诚信。当初你不就是为了诚信才设法解除劳教处分的吗？我的话你懂吗？”

袁天易属于敢做敢当的人，他岂止听懂了，更知道应当怎么去做。他刚想告辞，徐文昌又喊住他，说：“你欠松浦电气的六十万场地出租金怎么办？”他爽快回答：“马上还，我会让会计把钱打到他们账户上！”

“还需要用硬币赌一把吗？”徐文昌又笑问。

袁天易急忙表态说：“不用！您就听好消息吧。”

俞伯琴开着车，她表情漠然，其实内心充满了怒火。她戴着的耳机里传出了小野调侃的声音：“俞伯琴，我能把你扶到副总的位置，也能把你弄下去。你为什么不听从我的安排？杨进全是一个人才，他比最好的数控机床还好使，你为什么不能把他拉进来？我看他很喜欢你，你反正也是独身，使一些手段嘛！”

听着小野的话，俞伯琴很是愤怒，说：“你无权这样教训我！我独身但我不下贱！”她把那台日产车开得飞快，顺着不算宽绰的浦北路一路直前。

人不能自我感叹渺小，再渺小的生命，只要有自尊，也不会让人当球踢来踢去。俞伯琴对小野的怨恨日渐加深，此时，她的目光散乱，在街面上扫来扫去，终于盯住了刚刚下班的杨进全。她开车渐渐靠近，到了他身旁摇开车窗，探出头来，对他微笑说：“进全，进车里，我送你一程。”

杨进全没有搭她的车，他继续迈着不紧不慢的步子，往前走去。“忙你的吧，我有约会。”

俞伯琴没有放弃，依旧要他上车。杨进全知道，俞伯琴一直怂恿他跳槽。所谓的“人挪活”，那是一种什么样的活法？杨进全不知道。但当工人安于现状，这也是一种生存状态。谁都在追求生活质量的转变，杨进全也曾考虑改变自己的境遇，但松浦电气有他难以割舍的东西，并不是满足他欲望的物资，而是企业文化的烙印，那种存在于员工间豪爽、大公无私的协作精神。“绿太阳”给他的薪水很诱人，可细细想，也有他不适应的地方，尤其福冈还滞留在这家日本企业里，两个人很难融洽相处。再说，松浦电气现在把他当作重点工匠培养，由他带一批徒弟，生产上大家干劲儿十足，公司前景挺不错，还给员工补发了端午节的福利，有啥不好的？

不肯坐俞伯琴的车，表示他不肯与“绿太阳”为伍。他不想投进这家日本企业的怀抱里，表现出恭顺的样子，当一个没有独立思维的人。

俞伯琴猜不出杨进全心里的变化，她将车停在他面前，讪笑道："你打擂获得的奖金补发了吗?"

"补发了。"他闷闷地回了一句。

俞伯琴感到意外，又有些尴尬，一时无言以对。她忽然想起什么，又笑着说："哎，福冈君让我转告，他还想与你比一场。"

杨进全看着俞伯琴脸上的笑容觉得很不真实，她变化太大了，那张迷人的脸也憔悴许多。他问："还是在电视台吗?"

"不，在'绿太阳'的机床展厅。"她说。

"有奖金吗?"杨进全又问。

俞伯琴哈哈大笑，说："当然了！这类比赛，东家肯花钱的。"

"为什么要举行这种擂台赛?"杨进全奇怪了。

"道理很简单。咱厂的机加设备早就到淘汰年限了，不管公司以后发展路子咋选择，总得要进新机器。这次擂台赛，就是展示日本'富士山'最新机床的好广告！"俞伯琴坦白地说。

杨进全心头不痛快了，什么样的机床还不是由人操纵吗？国内有众多机床生产企业，沈阳、上海、西安等地生产的数控机床精准度不比日本的差。他当即拒绝了，说："除了公开赛，这种活动我不会参加的。"

"会有奖金的。"俞伯琴强调一句。

杨进全笑了笑，说："对不起，淑梅等我有事呢！你若还有别的事儿，电话联系！"他拐进胡同，消失在人群里。

俞伯琴怔了良久，她不知道淑梅是谁。杨进全对她的称呼那样亲切，显然关系不一般，她心里慌慌的，有一种失落感。

俞伯琴自从与杨进全在街头分手后，又有些日子没有与他联络了。俞伯琴想给他打电话，或者发微信，只是她自己近来心里总是忙乱，像堵了一堆烂草，难以打起精神头。世事往往如此，想回头却物是人非，什么都来不及了。她上次见了杨进全，听他口气，有了未婚妻，俞伯琴心里有些绝望。

让她绝望的不止这些。柳明经她举荐，在“绿太阳”担任公关部经理后，与小野打得火热，经常陪小野到酒吧消磨时间，寻欢作乐，他还把酒吧一个叫珍儿的女孩儿介绍给了小野。

珍儿刚好 20 岁，正是花蕊初放的年纪，从乡下到城市谋生，急于改变命运。小野又是“绿太阳”的总裁，花钱如流水，值得依靠，她便毫不犹豫地投入了他的怀抱。只是苦了俞伯琴，在公开场合，小野开始经常斥责她，言语中充满了羞辱，让俞伯琴无法容忍。这时她才发现，她已经不得不跳槽了。

人的软弱是自己最大的敌人。俞伯琴不怕惹恼小野，与一个不懂感情、只懂得赚钱的日本人苟且一块儿，不如找一个知冷知热的普通男人组成家庭，两个人相敬如宾地生活会更有意思。

由此，她又想起杨进全，想起他操作车床时认真的样子，内心盈满了对他的思念。但她有一点始终弄不明白，小野为什么要千方百计挖他，让他跳槽呢？这是一个谜，困扰俞伯琴好久的谜。后来，她想明白了，争夺优秀工匠就是一场战争，小野对松浦电气有限公司的项目争夺和抢挖人才，几乎到了不择手段的地步，目的便是彻底摧毁这家企业。

看清棋局的俞伯琴打了个冷战，庆幸邵杰没有中暗箭，否则在中国制造领域又减少一个马前卒。

夜色苍茫，俞伯琴无聊，她在微信上与聊得来的朋友打招呼，可一个都没有回消息，他们或许正享受夜生活的快乐吧？她看了看杨进全的头像，终于绕过了他，转而向姜丽楠问好。

谢天谢地，姜丽楠并没有和朋友出去吃夜宵，她正感到夜间有些无聊，便同她聊了起来。

其实，哪有什么正经事呢？无非闲聊而已。生活在混凝土建筑的空间里，每一个人都像被封闭起来似的，戴着假面具，生活在自己的房间里，与其他人相互隔离。俞伯琴问姜丽楠，“最近忙什么呢？”“还能有啥忙的？全是公司的烂事儿！”姜丽楠抱怨道。

“哦，哦……”俞伯琴突然问她，“公司打算被哪个上家兼并？”

姜丽楠告诉她，现在国家重视装备业，有计划向尖端方向发展，出台了一批有利企业自主创新的优惠政策，邵总在忙着跑资金，打算彻底改变生产条件。据可靠消息说，他还在与一家航天公司洽谈，打算为火箭发动机生产配件。这样一来，公司就搞活了。

这番回答让俞伯琴感到心酸，她跳槽到这家日本独资企业，不知道是对是错，她奔波于感情与事业之间，没有归属感，让她有无家可依的悲凉。

“哎，俞伯琴啊，听说柳明在‘绿太阳’混得不错呀？”姜丽楠的问话又刺激了她，只好感慨地说，“‘人挪活’这句话很有道理呀，哪儿有发展机会就在哪地方发达，主要靠个人的运气。”“我希望自己能有好运气！”姜丽楠特别相信运气，她从大学毕业便进了国企从事文秘工作，运气不错。她还说柳明一直想往上爬，最终只混上车间主任职务，也是不满意自己的运气。他跳槽后，在“绿太阳”当上公关部经理，混得有头有脸的，改变运气了，真让人羡慕！

俞伯琴注意到姜丽楠这句话，问："你和柳明有来往吗？"

姜丽楠说："柳明的妻子苏畔曾经是我的老师，以前就有来往。前几天我们还聚了一把。"

"玩得挺开心？"俞伯琴又问。

姜丽楠沉默一会儿，说："柳明这人处事目的性太强，他找我是想借阅档案，把'7611'项目档案复印件借去了，我挺担心……"

听到"7611"档案，俞伯琴敏感地问道："他说了借去干什么吗？"

"听说想研究什么，反正我也说不清楚。"姜丽楠语调低了。

两人在微信上闲聊，俞伯琴边聊边想，刚刚组建松浦电气有限公司时，她在机加车间当车工。那时听老师傅讲，老厂是军工企业，1976年兵器工业部下达命令让研究一种新型号的地对地导弹，当时红光厂负责研发制导系统，基本定型，命名为"7611"项目工程。莫非柳明要帮助小野窃取这项技术资料不成？制导系统具有高度自动识别性能，可以应用在各类工业自动化设备里。国外新闻媒体曾经报道过"7611"项目工程，也猜测到是一种制导系统，但对其射程、制导方式、研究成果以及后来如何下马，则是一无所知。

这么多年过去了，日本依旧对这项技术的资料感兴趣，可见不仅有情报价值，也有可借鉴之处。

俞伯琴紧张问道："姜丽楠，你把档案借给柳明了吗？"

"没有往外借，只是给他复印一些资料。后来复印机坏了，他只拿走了一部分。俞姐，你怎么啦？"

“我早听说‘7611’事关军事机密，千万不能外漏，假如流传出去，你要承担责任的！”俞伯琴警告说。

“柳明拿走一部分了，这、这让我怎么办？”姜丽楠明显着急了。

俞伯琴说：“找他，尽快要回来！这不是小事情。”

姜丽楠说：“他说要参考研究车床自动化系统，我就真相信他的话了。”俞伯琴说：“那是骗你呢！车床自动化系统和制导系统是不同原理，他是撒谎！丽楠，这不是小事情，你要当心！”

次日上班，小野将俞伯琴叫到他的办公室。俞伯琴发现小野显得愤怒又烦躁，他把桌上文件摞在旁边，似乎在找什么东西。他低着头，胖嘟嘟的脸阴一阵、晴一阵。过了一会儿，他终于开口了，慢吞吞说：“俞伯琴，你在‘绿太阳’几年了？”

“四年了。”俞伯琴不动声色地说。

“很好。四年间升到副总位置，你还有什么不满意的吗？”他抬起头，目光阴冷。

“老板有什么话，请直接说出来，好吗？”

“我认为你不适合担任副总职务了，打算请柳先生担任副总，由他接替你的位置。而你担任公关部经理，不过还享受副总的薪水待遇，你看这样好吗？”他问。

“你既然已经决定了，我无话可说！还有别的事吗？”俞伯琴压住心头怒火说。

“你和柳先生办一下交接吧。”他吩咐说。

俞伯琴脚步沉重地走出了总裁办公室。她自嘲地想，自己成了股票，一会儿牛市一会儿熊市，命运像坐过山车，搞得自己晕头转向。人在世上最珍贵的是活出尊严，现在她又跌到了公关部经理的位置，并不是自己没有领导能力，而是因为不肯出卖国家利益！

她进了公关部经理办公室，见柳明早收拾妥当，准备与她交接。她明白柳明知道自己荣升了，但她瞧不起这类鸡鸣狗盗、巴结权贵的势利小人，不由得怒火冲上脑门，挖苦地说："恭喜呀，柳总裁！"

柳明眼神惶惑，脸色赤红，尴尬地说："伯琴，别、别这样，好不好？"

"咋样啊？你可是小野先生的有功之人！"她把"有功"二字咬得响亮。

"我把一些材料留给你了，希望你支持我的工作……"柳明说罢，匆忙而去。

俞伯琴到傍晚才收拾完办公室，她端详一会儿，发现室内有点儿不顺眼，终于发现窗台有一盆君子兰，是柳明留下的，她便把君子兰扔到垃圾桶里了。不是君子，何必喜欢君子兰？俞伯琴愤愤地想。

不一会儿，柳明又敲门进屋，四处张望，自言自语地说："我有一盆君子兰，咋不见了呢？"

"你确定屋里有盆花吗？"俞伯琴讥笑着望向他。

"那盆君子兰是姜丽楠送给我的，不会差的呀！"柳明心犹不甘地四处打量。

俞伯琴冷笑一声："看来挺有纪念意义呢！你去垃圾桶找吧，晚了便让环卫工人清理走了。"

见柳明急匆匆而去的样子，俞伯琴轻蔑地大笑了出来。神经质的笑声吓了柳明一跳，他返身看她，说："俞伯琴，你不要紧吧？"

俞伯琴说道：“我认识很多男人，没有一个像你这么卑鄙的！”

柳明听后，脸色一阵红一阵白，心里冒出了无名火，他说：“决定我成为副总的不是巴结，也不是运气，而是我的坚持与付出。你为啥挖苦我？谁不想成就一番事业？”他竟然恨起俞伯琴了。

年轻人注重感情，很容易头脑一热就坠入爱河。假若这段爱河很浅很短也就罢了，要是深水潭，还有浊浪恶风就不得了，呛了几口水尚且可以，一旦淹着了，后果不堪设想。这正是邵欣回顾自己爱情经历的感慨，所幸她嫁对了郎。她与徐文昌是要过一辈子的，该珍惜就得好好珍惜。她把对袁天易的爱深深埋在了心底，以为这样才是最安全的，可这次袁天易回来她又很惶恐，生怕被更多的人知道。还有钟凤鸣最能凑热闹，这几年他为达到个人目的，一再拿黄庭长说故事，似乎她与他有很多见不得人的龌龊。她曾经崇拜黄庭长，但最终两个人理智地止步在友谊的界限内。凌晨三点，邵欣就被一场噩梦惊醒，她摸住胸口，心怦怦乱跳，扭过头，见徐文昌还沉睡在梦乡。徐文昌的睡相像孩童一样，偶尔咂巴嘴，似乎在品尝幸福与成功似的。为了不打扰他，邵欣赤脚悄悄摸到客厅，打开电脑，浏览起网店，看看有没有喜欢的东西。

近日，徐文昌忙着红光厂的股权扩张工作，一直在找投资方洽谈，推介项目，规划发展蓝图，忙得不可开交。他告诉邵杰，基本上与袁天易敲定，由桂普公司投资三千万入股。邵杰苦笑摇头：“他欠场地出租的尾款还没还呢。这人办事不可靠！”徐文昌讶然说道：“他保证马上还款，还没有到位吗？”

“狗改不了吃屎！”邵杰对袁天易印象欠佳。

老公忙，兄长更忙，照顾老父亲的事儿全交给邵欣了。没有办法，男人忙的事业比她重要，她只有甘当配角了。自从袁天易返回松浦市，她这个配角却多了一些应酬，出现在商界社交场合。每当邵欣出现，袁天易总会痛快做好项目投资，有人戏称他在搞“夫人外交”，虽有些言过其实，不过很有效果。袁天易最担心在她面前露拙，便表现得大度又豪爽，人也颇具绅士风度了。这种细微变化，被曲孝忠看在眼里，暗中称奇，爱情的力量真是不可理喻！其实，邵欣对自己扮演的角色很是厌倦。有时候，她羡慕那些全职太太，她们吃茶点、做美容、打麻将，聊一些无关紧要的话题，把自己打扮得如花似玉。她没有那份闲情逸致，她疲于奔命地应酬方方面面，尤其那个钟凤鸣，已经弄到的工程又被取消了令他十分恼火，打算贿赂她，重新议标，被她断然拒绝了。

钟凤鸣很不知羞耻，他纠缠邵欣说：“欣姐，以后我不再用黄庭长了，咱俩单线联系。”听他说的意思，还想要挟她，着实可恨。

十几年前，邵欣刚调到法院工作，和钟凤鸣一样从书记员干起。她文笔流畅，电脑打字迅速、准确，颇得黄志坚庭长赏识。那年刚好40岁的黄志坚，正是最有魅力的阶段。有一阵子她对黄志坚颇为敬佩，而且达到极其痴迷的程度。只要有时间，她就去黄志坚的办公室，两个人关上门长谈，从法律条文到具体案件裁定，谈得有声有色。

黄志坚早年从西南政法大学毕业后，因为家境贫困而没有考研究生，但他的学识以及对法律条文的理解，确实高人一筹。钟凤鸣因此怀疑她与黄庭长有私密行为，以此要挟她，让她为自己做事情。

她的确佩服黄志坚的学识，但这与婚外情是两码事。她与徐文昌是那么相爱，尽管每天都忙，也忘不了互发短信问候与鼓励，甚至达到了一日不见如隔三秋的程度。黄志坚属于理智型的男人，他懂法，更懂得如何控制自己的爱欲，不会自讨苦吃赴蹈爱火。后来，黄志坚决定调出松浦市，几经努力，他最终调入省高院，远离了这段朦胧的感情纠葛。

邵欣明白，黄志坚的远离，实质给了徐文昌充足的面子。徐文昌如今成为市长，他挺直腰板讲话，背后没谁讥笑，因为他有一个贤内助，一个没有复杂纠纷的家庭。

邵欣知道自己应该充当什么角色，对钟凤鸣提出的要求一律拒绝，不惧他的挖苦、讥笑与闲话，脚正不怕鞋歪。邵欣细思量，出轨对女人来讲既可怕又残酷，幸亏自己和黄志坚理智地远离了那种所谓的真情。事实上，缺乏道德的感情都不是真爱，而是一味放纵。

她成功避开了道德的沦陷，走对了人生道路。钟凤鸣却像紧箍咒般套牢她，想毫不留情地控制她，真是让人心烦。钟凤鸣为了承揽到市政工程，不择手段纠缠她，两个人终于闹僵了，徐文昌听到过闲言碎语，便问邵欣是怎么回事？局面闹到这步田地，邵欣不想隐藏真相，实话告诉了徐文昌。他沉吟片刻，说："老黄这个人原则性强，是一个值得尊敬的老同志。你做得对，不堵住这个口子，我迟早要走被'双规'的道路。老婆，做得对，我支持你！"

邵欣心头一阵滚热，她的眼边儿湿润了。

第二十二章

一天午间休息，苏畔找了一家小面馆吃饭，她一抬头便认出了坐那儿吃面的俞伯琴。俞伯琴吃面姿态优雅，不慌不忙，但两只眸子空荡荡，全然不知道在想什么。苏畔取出钱指着俞伯琴对服务员说："把那位女士的饭钱也给结了。"然后，她捧着面碗坐在俞伯琴对面。苏畔露出了惊喜神色，说："俞伯琴，真巧啊！"

但俞伯琴看苏畔的眼神十分陌生，似乎没认出来，一语未发，苏畔很觉奇怪，提醒她说："我是苏畔呀！是柳明的爱人。"她提醒后反而更糟了，俞伯琴扔下了面钱，转身而去。

苏畔急忙追赶上前，说："俞伯琴，你对谁来气？为啥不理我？"

"柳明是一个不讲究的人，我不知道他咋那么无耻！"俞伯琴劈头一句话，让苏畔颇感意外。

很快，苏畔明白了事情原委，她解释说："我家老柳说了，多亏你帮忙，他才谋到这个位置。老柳说，你还享受副总的待遇……"

"不要再说了！"俞伯琴的脸色如同暴雨将至，眼睛里布满恨意，慢慢走开了。

苏畔望着她远去的身影，有种说不清的怅惋之情。苏畔心想柳明被老板任命为副总，其实是小野委任的。不错，柳明是你俞伯琴举荐的，但到了职场里，发达全靠自己，有啥不讲究的？哼，不讲究的是你！苏畔刚要转过身子，有人唤她："苏老师！"

叫住她的是两个中年男人，一个是江润生，另一个是顾俊喜，苏畔从来没有见过顾俊喜。"你们这是忙啥去？"苏畔客气地问。顾俊喜模样猥琐，却是识香怜玉的老手，江润生与苏畔搭讪时，他刻意打量了苏畔几眼，难以掩饰不安分的心，双手插兜，吹起口哨。江润生的儿子在苏畔的班上，他很关注儿子学习，不想让儿子像自己一样靠打工维持生计，因此想与苏畔好好交流一下，哪知道顾俊喜吹的口哨很刺耳，便客气地回头说："俊喜，我跟苏老师说几句话，别乱吹口哨了！"

顾俊喜稍稍离开了他俩一段距离，东张西望看街景。这里是郊区，街面不宽，两边的房舍参差不齐。附近有两家工厂，处于半停产状态，只有学校显得有生气。江润生问了儿子的学习情况后又向苏畔套近乎，说有时间一定请她喝酒。苏畔说，别客气，教好学生是我的本职工作。

江润生和顾俊喜赶到工地，袁天易正对施工队发脾气，说施工的进度太慢了，活儿质量差，再不改进，马上赶他们滚蛋！袁天易掌握大量土建工程，养成了像大老爷一样的牛脾气，施工队个个大气不敢喘，面面相觑，没人回应。顾俊喜劝说："袁总，把工程分包出去了，管他们咋施工？"袁天易说："他们糟蹋材料，那是钱哪！"

回到工棚，袁天易余怒未消，问他俩事情办得怎么样？江润生说："正找您汇报。我俩找到邵杰的老婆，她叫杨莉梅，在报社工作，我把五万元钱塞进她皮包里，她又扔了出来，说什么也不收！"

"你们太笨了！大庭广众下，哪个吃豹子胆儿敢受贿？"袁天易对他俩的表现很不满。

顾俊喜看着袁天易的脸色，解释说："办公室只有杨记者一个人，绝对没有外人。"

袁天易轻轻敲敲头皮，思考一番说："你们干点力所能及的，此事不要对外乱讲。我去找徐文昌，请他帮忙，场地租用费全免了算啦！"他先让卓亚雪开车送他去了市政府，碰巧徐文昌在主持全市工业会议，一直到了傍晚会议才结束。徐文昌满面红光，意气风发地走出会议室，袁天易注意到他的神态，暗想，莫非他又有什么喜事？徐文昌说："袁总无事不来找我啊！什么事快说，今晚还要开常委会，研究全市主导工业创新问题。"袁天易说："请徐市长与邵总打个招呼，我公司资金紧张，请他们再宽限我们几个月。等新开工的楼开盘了，马上还上欠他们的款子。"

徐文昌很不高兴，脸色阴郁，他瞧不起出尔反尔的人，想着你袁天易数一数二的大款，还差那几十万元？他数落说："你总在我面前哭穷！桂普拥有的土地就值几个亿，还差那几十万元吗？"他语气一转，又说，"老兄，不要眼睛盯着房地产了，中央出台新政策，要打造强势的装备产业。全市各家企业劲头十足，拿出十几项开发项目，形势很喜人，也很逼人啊！"徐文昌说完停了一下，又说："我可以给邵杰打电话，请他宽限时日，不过，你千万不要当老赖。这年代，诚信才能赢得先机，才能受到同行的尊敬。"

袁天易苦笑说："那当然了！"徐文昌忽然又想起什么，说："政协的唐维庆主席向我打招呼，配合我市的工业建设，要重点吸收几名工商界的委员。我推荐了你，还有松浦电气的杨进全等人。你不止担任了常委，还担任工商协会的会长，你有什么想法可以对我说。"

袁天易搔头皮苦笑，说："当政协常委没啥意思……"徐文昌瞪大眼睛，惊讶地望着他，说："进政协，是全市人民对你的信任！政协常委参政议政作用大，不要瞧不上眼！"

就在徐文昌与袁天易谈话之际，邵杰和齐平踏进了机加车间，车间里轰隆隆的机床在忙碌切削，一股热气拥了上来。刚刚开始加工新型号的活塞，质量标准要求高，杨进全神贯注地盯着要切削的部件，不敢大意。飞旋的部件精准度如何，全凭数控是不行的，必须注意观察，调整好每一个加工步骤。"杨师傅，邵总来看你了！"齐平喊了一声。

完成了最后一道工序，杨进全才停了机床，抬起头，搓着手上的油渍笑了。

邵杰在大学的专业是机器制造，他对机加行业很着迷，也曾经上过机台，只是很快就被抽调进了机关。他看看车件，脸上浮出满意的笑容，称赞说："公司需要大批像你这样的工匠，把产品质量搞上去，打出品牌！我刚刚接到市政协通知，要吸收你为这届政协委员，当然还要履行一下手续。进全啊，你别骄傲，你跟齐书记把新增政协委员履历表填上，好不好？"

杨进全浑身燥热，感觉全车间工友都向他投以羡慕的目光，他脸上红彤彤的，竟腼腆起来了。

下班铃声响后，杨进全把工作台清理干净，他干得十分认真，干完最后一个车件离开车间。他走到大门口忽然发现一个瘦弱的女性站在那里，眼巴巴往里眺望，他心头一热，忙紧走几步，迎上前说："淑梅，你咋到这儿了呢？"刘淑梅满脸不高兴，抱怨说："今天是啥日子，你忘了吗？"杨进全眨巴一下眼睛，拍了一下额头，"唉"了一声说："瞧我这脑袋，光顾高兴了！老丈母娘今天过生日都忘了！"

刘淑梅小心地瞄了他一眼，说："你又有奖金啦？"

杨进全从包里取出表格说："是市政协吸收我加入政协，这是申请表。"

"这就不对了，既然是吸收你，不该让你填申请表呀？"刘淑梅说。

杨进全嘿嘿一笑，说："组织上有程序，这你不懂。哎，我得给老丈母娘买点见面礼呀！"

"不用你破费，家里准备妥当了。我问你，打你电话为啥不接？"她又使小性子了。

杨进全取出手机，一查有她十几个来电，歉疚地说："我们车工干活儿，必须全神贯注，所以我把手机调到飞行模式，接不着。"刘淑梅不以为然地说："你别装积极分子啦！我也是打工的，接电话、闲聊，随便！"杨进全没有与她争辩，在去的路上进糕点店买了一个生日蛋糕。到了刘淑梅家，果然见桌上已摆好菜肴，还有一瓶红酒。刘淑梅的母亲刚办理退休，身体还挺硬朗，见姑爷来了，又拎着生日蛋糕，很是高兴，便张罗着让他俩坐下。杨进全眼里有活儿，他让老岳母坐下，在蛋糕里插上蜡烛。五个放出火焰的蜡烛点着后，他与刘淑梅拍手唱生日歌，又让老人吹熄代表她55岁大寿的喜庆蜡烛，三个人这才坐下吃饭。

因为三个人都不习惯喝酒，生日晚宴很快结束了。见天色尚早，两个年轻人走出屋子，到小区里的绿化带散步。

恋人间的谈话，情节大致一样。谈理想、谈未来、谈婚后生活，对未来充满憧憬与向往。天色完全黑了，小区有几盏路灯亮起来了，广场上激昂的音乐响起。大妈们趁着朦胧的夜色，跳几套广场舞锻炼身体，再等一会儿，到了人们入睡时就不准有音乐响了。杨进全看天色不早了，想到次日还要上班，便向刘淑梅告辞了。

刘淑梅恋恋不舍地默默送了他一程。杨进全颇受感动，见附近只有几个行人，顾不得许多了，抱住她深深吻了下去。突然，他的手机又响了。杨进全见来电话的号码是俞伯琴的，知道她找自己有事。

他瞥了刘淑梅一眼，见她疑惑的眼神，故意关了机，说道：“又是诈骗电话！”

两人分别后，他走出两条街口，确信刘淑梅回家后，才给俞伯琴回了个电话。

“给你打电话你咋不接？”俞伯琴问。

杨进全嘿嘿地笑，含糊地说：“刚才不方便呗！”

俞伯琴说：“你还有不方便的时候？”

“别跑题，有话直说。”杨进全说。

俞伯琴开门见山地说：“祝贺你，你被推选为政协委员了吧？”

杨进全吃惊地想，这个女人真怪，我有啥好事儿她都知道。他故意说：“啥政协不政协的？我是一名工人，没有人通知这些事儿！”

俞伯琴笑得很开心，说：“你真不知道还是假不知道？我有一个要好的朋友在政协工作，告诉我这个消息的。”杨进全开玩笑说：“你的朋友遍布松浦市各部门呀！”俞伯琴老实说：“咱俩还是谈点儿正经事吧？”杨进全心头一动，爱情是他第一个想到的话题，但他又想到刘淑梅，自己可千万不能伤害刘淑梅的心呀！他很是理智地说：“除了感情，你想说啥都可以。”

杨进全不肯与她谈这类话题，俞伯琴只好转口说小野把她的副总职务降为部门经理了，柳明官升一级，成为副总。杨进全瞧不起柳明，说他到哪儿都会巴结上司，称他是“小爬虫”。俞伯琴又对他说：“当政协委员，别忘负起委员的责任，替我带一份重要提案行不行？”杨进全不懂得提案是何物。俞伯琴说：“红光厂原来就是保密厂，研发多种武器，有很多的重要档案没有上缴，真需要妥善保管好。”

“你是外企的员工，干吗关心起厂子的老物件？”杨进全嘲笑地问。

“我给外企打工，赚的是外企钱，可我是中国人。进全，这件事很重要，我向有关部门反映这事，没人知道该怎么办。”她挺焦急。

杨进全乐观地说：“只要让姜丽楠把档案管理妥当，不流传出去就行了吧！”俞伯琴说：“姜丽楠是一个没有警惕性的姑娘，旧档案已经让柳明弄走了一些，怎么办？”刚开始杨进全还没有意识到问题有多大，当俞伯琴讲清楚后他才认识到问题的严重性。想了想，他决定明天上班后向邵杰报告这个情况。他说：“俞伯琴啊，你做得对，我给你点赞！”

晚上，邵义德才从医院办理出院手续。也许近日天气酷热，他的病情有些加重，在医院住了半个月，身体略有好转便坚决要求出院，秋秋怎么劝他也不成。他说人活世上要有老家、老友、老伴，这是老年人最舍不得丢弃的，如今老伴没了，老家、老友不能再丢了。只有坐在家里，从落地窗往外眺望，他才会心安理得地喘息，心头敞亮一些。他坐在家里望向远处的红光厂，朝东的大门是松浦电气有限公司，邵杰正和员工忙碌吧？想起曾经是全省军工行业龙头企业的红光厂至今仍然处在困境，他心里很过意不去。红光厂曾经创造了生产奇迹，也有过辉煌的纪录，后来还是衰败了。由邵杰接手后，他一直想重振雄风，但费尽心思，依旧不如意。从邵杰每日疲惫的脸色看，企业正处于艰难爬坡阶段。企业如果办好了，员工收入高了，人心安定，他才会感到浑身轻松。其实，邵义德只是深深地陷入了怀旧情结，他有时从梦境中惊醒，仿佛看到工人正在热火朝天地干活儿，研发新的军事装备。那时候，红光厂研发出多项科研成果，每年都有向共和国献礼的重器。现在，一切全变了！大门不再有荷枪实弹的卫兵把守，静悄悄的厂区何日才能重新繁忙起来？现实真的很残酷，他瘦削的脸颊浮出痛苦。

第二天午间，邵义德刚刚躺下休息，杨莉梅拎着一箱奶进来了。她这个报社新闻部主任一直很忙，报纸订户锐减，传媒形式多种多样，没有谁再关心纸媒的命运。她也像边缘人物，没有谁再为上报纸登篇稿子上门求她。她不得不为新闻选题绞尽脑汁，起早贪黑赶写稿件。秋秋端来了茶水，杨莉梅说："孩子，你休息去吧。"

杨莉梅给老人扶到沙发，倒了水，又取出两个药片，看他服下去，才说："邵杰还没到吗？"

邵义德抬头说："他忙，不要打扰他了。"

杨莉梅生气地说："他忙，活该！自己找苦吃。"邵义德见儿媳发脾气，便打开电视，调到新闻台，默不作声看起来。这时，门响了一声，邵杰进了屋。他脸色阴沉沉的，硬生生地问杨莉梅："说你有啥事儿，非得到这里谈？"

"爸在这里，与你谈方便。邵杰，我问你多大年纪啦？"她语气也是硬生生地。

"我已经50多岁的人了，你问这些干啥？"邵杰气哼哼地说。

"是呀，机关像你这么大年纪还提不起来的早就退养了，你还瞎折腾什么？"杨莉梅不客气，单刀直入地说，"凭你的条件，又有妹夫当市长，到公务员队里再混个三年两载，该退休了，也清静了！看你现在忙的，起早贪黑两头不见日头。妹夫要调你到工信局当领导，是合理合法的事儿，你为啥不去？公司那里有你啥念想儿？"

邵杰静静地听她数落，心头掀起的波涛不亚于台风。与公司结成生死契约，缘于他组建松浦电气有限公司之初，曾向市委表态，一定要把这家具有光荣传统的企业救活，带向发展的道路。现今，企业有了起色，家庭却出面拖后腿，怎么办？对此，他犹豫了。

公允地说，企业干部与公务员有着明显待遇差异，无论从工资上还是福利上，退休后的差异就更明显了。他从公司总经理岗位退休，每月仅能开到三千多元，而从公务员岗位退休，至少开八千元以上。世俗的人，看重利而忽略义，这是通病，也是痼疾。但他是一名共产党员，且又有几千名员工在等着他，希望他率领大家走出泥泞的困境，走向光彩的明天。他已做了很多工作，必要的前期铺垫已经完成，如果在这节骨眼儿抽身而去，一切都将化为乌有！

“老邵，别忘了，齐平一直当党委书记，你也该让他有个机会呀！”杨莉梅的话飘进他耳朵里。邵杰心一动，确实，齐平是一个很好的同志，两个人共患难，终于支撑出一个新天地，应当给他一个机会。

“让我再想想。”邵杰说。

“不要去想，你应当全身而退了，公司如果需要你，只当顾问吧。让年轻人担任领导，把红光厂的牌子响亮地打出去！”邵义德咳了一声，又说：“我也没多少天活头了，有了时间你多陪陪我，咱爷儿俩聊聊天，也挺好嘛！”

邵杰与杨莉梅的争执虎头蛇尾地结束了，杨莉梅不愿看见老人伤心，便没再多说。邵杰返回公司途中，脑瓜里乱糟糟的，是调出去还是继续留在公司，这是一个无法回答的问题。作为普通人，巴不得调入政府机关，享受公务员待遇，省力静心，也对健康有益。但当邵杰进了公司大门，见到熟悉的员工为改变企业命运，人人争先，个个努力，他心又软了。难道我要离开这里吗？他把自己的打算向齐平诉说了，齐平沉默好久，叹口气说：“人应该往高处走，我不拦着你……只是不知道以后新派来的头儿怎么样？”

“总经理这副担子，应当由你挑起来。”邵杰表态。

“我实话实说，总经理我干不了！我只是一名称职的党务工作者，支持公司总经理的经营管理，让我充当你的角色，公司垮台会更快！”齐平坦言。

邵杰再度犹豫了，有时候，人的命运就会在犹豫间发生变化。他的专业是机器制造，看来注定要一生从事这个行业了。历史上，有多少工程师为了人类科技进步，终其一生从事尖端科技研究？他最终决定，不管家庭压力多大，只要事业需要，绝不离开总经理的岗位，与所有员工并肩努力，把企业办成一流的装备配套基地。

正巧，邵杰的老同学在上海大飞机制造基地从事发动机研发工作，在寻找下游配套企业时，与邵杰有了联系。邵杰告诉他，老厂曾是东北地区最大的军工企业，技术力量雄厚，有能力承担大型装备配套工程。

这让他的老同学十分满意，答应国庆节期间前来考察。邵杰想，若他此刻离开公司，这项充满商机的项目必定流产。齐平也心知肚明，他不忍心让企业这样衰落下去，见邵杰改变主意了，不禁高兴地拍掌称好。他完全支持邵杰把企业建成新型产业公司。

邵杰下定决心后平静地抽着烟，心中苦涩地想，家里等待他的又会是一场暴风雨……

女人最担心年龄的渐增，冯爱仪对快到中年有一种莫名的恐惧感，担心哪天曲孝忠嫌她年纪大了抛弃她。每当夜晚，她都要调动一切通信工具追踪曲孝忠的去向，他如若有应酬，便问他在哪家饭店，参与宴请的都是谁？女的与他有什么关系？刨根问底，实在让人心烦。这且不说，她一旦怀疑曲孝忠与别的女性来往密切，便会醋意大发，非得弄个水落石出、真相大白才罢手。一次，曲孝忠与她共度良宵后很早就休息了，她摸出他的手机，看到了俞伯琴与他在微信上的聊天记录。俞伯琴其实是代表“绿太阳”公关部向主管市政建设的曲副市长请示配套工程，两个人聊了几句闲话，这就让冯爱仪受不了了，一再追问曲孝忠，他与这个女人是什么关系。

“你还不知道俞伯琴？她是‘绿太阳’的副总，负责公关，与市领导都熟悉。你不要再胡思乱想了！”曲孝忠不满了。

冯爱仪认为他的答复太敷衍，很是不满。曲孝忠也很不开心，认为冯爱仪有小题大做之嫌。他萌发了远离她的念头，哪知道几天后，省反贪局专案组几个同志到他办公室，说有事找他谈谈，把他带到省城再也没有回来。冯爱仪完全不知道曲孝忠发生了什么事情，以为他故意躲开自己，便不厌其烦地给他打电话。可曲孝忠的手机一直关机，他的去向无人知道。后来，还是程志锐告诉她，老曲可能出事了，被省反贪局专案组带走了！她才发觉自己处境真的不妙了，开始藏匿曲孝忠的贵重物品和存款。

第二十三章

早上九点，俞伯琴坐在办公桌前，两眼茫然地盯着电脑显示屏，一副百无聊赖的样子。此时，阳光从窗子斜射进来，室内很热，她把空调打开，却依然热得不行。她走到窗前，打算拉上遮阳帘，只见楼下小野和柳明有说有笑钻进车里，接着轿车开出了公司大门。

男人之间很容易沟通，他们只要情趣相投，很快就能成为推心置腹的朋友，甚至连上下级关系都会被抹平。他俩出去会干吗？俞伯琴心里怦怦乱跳，情绪紧张起来。她心头一直想着柳明从姜丽楠那儿拿走“7611”档案复印件的事。这件事很敏感，也很严重，别以为和平建设年代没有间谍，其实情报工作无所不在，这可关系到国家军事科研资料的安全！她心想，该死的柳明，你是中国人，别忘了你的民族！为了巴结这个小野，你连天地良心也不讲了！

俞伯琴偷偷拿了小野办公室的钥匙，刚打开门，屋内传出一声清脆的“您好”！吓了她一跳。她稳住神儿，往窗前看去，原来是那只鹩哥对她发出问候。俞伯琴环视四周，迅速翻找了一遍，果然找到了一沓复印的资料，从档案编号上认出正是红光厂"7611"的项目资料。俞伯琴心里一阵紧张，真的找到复印件，她反而不知道该怎么办了。她迅速翻阅了一下，里面是一些莫名其妙的数据、原理、导弹的测试结果，这些资料显然很重要。她收拢起来，利用文件粉碎机全部处理掉，然后她在小野办公桌上留了张便笺，写着：小野总裁，您办公桌上的废弃文件已经处置了。

回到自己的办公室，想了一会儿，心情才平静下来。

到了下午，小野与柳明返回公司，进了公司大门后兴高采烈地喊："我们赢了，红光厂将成为我们的囊中物了！"俞伯琴听了，觉得很是意外，她迎上前，听柳明笑嘻嘻地说："市政府初步决定，由我们兼并红光厂。"

"松浦电气呢？"俞伯琴问。

"当然不在话下啦！"柳明答复干脆。

俞伯琴被这突如其来的消息弄得晕了头，还没有稳住神儿，小野推门而进，他的胖脸扭曲着，眼里冒出怒气，把俞伯琴留在桌上的便笺气冲冲摔在俞伯琴面前，恶狠狠地说："桌上的文件，是你处理的吗？"

"那些废弃文件，是我按照规定处置的。"俞伯琴坦然承认。

小野在她面前走了几步，忽然开怀大笑，对她说："确实是一堆废纸，复印件我早就上传给总社了。"

见他如此嚣张，俞伯琴逼视他，一字一顿地斥责道："偷窃中国军事机密是间谍行为，你就不怕承担法律责任吗？"

"俞小姐，你别忘了，我是'绿太阳'的总经理！"小野傲慢地哼了一声，推门而去。

“太放肆了！”俞伯琴彻底恼了。

两人关系弄得很僵。俞伯琴是个善良的女孩儿，她为了保护国家利益，义无反顾地做出了选择，为了不留遗憾。下班后，俞伯琴特意盯住柳明那台丰田车，当柳明下楼后打开车门，俞伯琴走到了他面前，说道：“柳总，搭你的车可以吗？”

“我去接苏畔，恐怕不太方便。”柳明迟疑一下。

“正好，我们很久没有见面了。”俞伯琴说。

柳明纠正说：“你前几天吃面见过她一次。”“是吗？我记不得了。”俞伯琴说完便钻进车里，坐在了副驾驶位置。

柳明摸不透俞伯琴的脾气，又知道她与总裁的关系，赔着小心说：“难得你坐我的车啊。”

俞伯琴挖苦他说：“柳总，你为小野真是肝脑涂地，够意思。”柳明觉得这话不对劲，苦笑一声说：“没办法，端谁饭碗就得听谁管。”

“小野让你弄‘7611’档案，你真就干了？”俞伯琴大声斥责他说：“那是卖国行为！”

柳明被她的话吓了一跳，他把车停到道边，小声说：“我是卖国，可总比出卖身体干净！”俞伯琴彻底被他的话惹恼了，虽然她之前跟小野有私情。但她从不为了感情而出卖民族利益，这是她的底线！她气愤地下车，把车门重重关上，扭头走开了。柳明开着车子尾随她，只见他探出头，几乎用乞求的口吻说：“俞伯琴，你上车吧！刚才姜丽楠和我通了电话，那些档案早注销了，过了保密期。”

“那你也不该这么做！我们给外企打工，是为了谋生，不是卖国！”俞伯琴回敬他一句。

“有道理，我检讨，当时没想到问题有这么严重。”柳明低声下气说。

俞伯琴听罢愈加气得不行，几乎达到痛彻心扉的程度。他在说谎！曾经的老职工、公司中层领导，岂能不懂保密条例？就是过了保密期，也不该向日本人提供数据，他们有目标地寻找资料，本就用心险恶。她还想训斥他几句，忽然见柳明加快车速，朝前疾奔而去。前方有一男一女并肩而行，显得很亲密的样子。柳明很快追赶上前，下了车，与那男人争吵起来。女的夹在中间劝说，竭力想分开两个人。

当俞伯琴赶到那里，女的已经同柳明钻进了车离开了，独独撇下那男人踯躅在街头。

俞伯琴走到男人身边，一种恐惧涌现出来，她认出这个人是顾俊喜。顾俊喜见到了她，嘿嘿一笑，吐出烟圈儿，说：“我认识你，俞伯琴！”

“刚才发生什么事了？”俞伯琴望他一眼。

“没什么，我与苏畔老师同行，被她老公碰见了！唉，太不巧了。”他毫不在意。突然，他转头打量俞伯琴，颇感兴趣说：“俞小姐真漂亮咧！我一直关注着你……”他的奉承话充满调戏之意，俞伯琴的心头厌烦得很，冷冷地说：“你认错人了！”打算迅速摆脱他。

顾俊喜仍纠缠着她，他用略为沙哑的嗓音对她说：“有一次与江润生去工地，遇到苏畔，我突然喜欢上她了，哪知道刚聊上就被她老公碰见了！”他“呸”地吐口痰液，样子十分猥琐。俞伯琴愈加恶心，想尽快远离他，只得对他说：“爱情不能勉强，你的事儿装进肚子里，不要对别人讲。我得往这条路走了，晚安！”

本来应当分别了，顾俊喜却说：“别！我反正没事儿，陪你一同散步。”

俞伯琴的后背仿佛爬满潮虫，内心恐慌不定，自己与这种无赖同行，该被人以何样目光相看？她又站住了，说：“不行，我男朋友在前面道口等我呢！”

顾俊喜怪怪的笑了，说：“不就是那个日本人吗？见到他，我敢打歪他的鼻梁骨！”

无赖敢动武，哪个人有辙？她不理睬他，兀自往前走去，顾俊喜再说什么话她都不应答。这时，一辆出租车经过，俞伯琴拦住，匆匆钻进车，让司机开走了，把正在点烟而疏忽了的顾俊喜甩在了道边。

邵杰赶回家时，饭菜都凉了，杨莉梅准备重新热一热。邵杰说吃过了，并对她讲了项目对接活动开展的情况，高兴地说：“这回老厂子有浴火重生的机会了！”杨莉梅不高兴地说：“你呀，放着阳关大道不走，专拣死胡同钻！让我说你啥好呢。”邵杰没有注意她的情绪变化，解释了两句。杨莉梅赌气说：“别再摆那一套了，奉献只是一种符号，不顶吃也不顶穿！不要再说你那些生意经，赚钱又不往你兜里揣！”邵杰弄得好没趣儿，他生气地说：“我连选择自己职业的自由都没有了？”“你选择当要饭的也没有人管你！我不愿意听你那一套！”杨莉梅终于忍受不了，发起牢骚。进屋带回的喜悦，被她一番抢白搞得大煞风景，邵杰怒气冲冲，板着脸也回敬了她几句。

杨莉梅本是一个要强的女人，她支持丈夫的工作，默默无闻地照顾家庭，付出很多辛苦。她早就看出丈夫从事的是永远也盼不到头的苦差事，何不及早上岸？见邵杰不为她劝说所动，她很是绝望，一边抹眼泪一边数落说："你放着阳光大道不走，专拣荆棘遍布的小道攀登。付出太多辛苦，又有哪级领导肯定了你的成绩？这种行为太傻了！"

邵杰没有再与她争执，他待她消气了，才向她解释，说这是一个特殊的时期，松浦电气有限公司离不开他。杨莉梅又气得说不出话，这个世界离开谁都照样运转。历史上曾经出现很多伟大的人物，当他们生命结束后，地球不是照常迎来日出日落、月圆月亏吗？杨莉梅越想越觉得划不来，她赌气搬走了自己的东西，与他分居了。

人生总是要在纠结中熬下去，要么自己斗过命运，改变一切；要么被命运压垮，一切都化为乌有。杨莉梅搬出家后，邵杰在家里冷静思考，以后路子怎么走？他能否与公司员工闯出一番新天地？他坚信党和国家对大型装备业的发展措施是对的，让地方工业有了转机。现在，大型客机 C919 上天了，大型航空母舰下海了，火箭也把卫星送上了太空，还有什么事儿能难得了我们！

他在屋子里踱来踱去，思考了好久。窗外，繁星被街上璀璨的灯光遮掩，显出夜色的不平静。其实，他与公司员工是密不可分的命运共同体，理应共赴艰难发展历程，取得实质性进展。但他还是很迷惘，很脆弱，也很无助。他希望自己强大起来，像巨人一般，力拔山兮，壮志盖天，可他也只是一个凡夫俗子，哪里能逃脱命运的挑战？

次日，他早早赶到办公室，与远在上海的老同学联系，他把赌注全押在这项雄心勃勃的项目上了。齐平来到公司，发现邵杰办公室窗口敞开着，他悄然推开房间，见邵杰神色异常地看着月生产进度表。齐平客气地说：“老邵，早哇?”邵杰说：“你来得也早！正巧，我有事与你商量。”齐平注意到邵杰眼圈下的黑影，显然他没有休息好。

邵杰的办公桌上有一台电脑，对面是一套深棕色仿皮沙发，茶几很干净，上面有茶壶、茶杯，旁边有暖水瓶、饮水机和茶叶盒。姜丽楠进屋替他们泡了盖碗茶，转身出去了。邵杰关上门，叹口气说：“家里吵了一架，她搬出去了。”

见邵杰伤心的样子，齐平想安慰他几句，无奈此刻任何话都显得苍白无力。邵杰心情很复杂地说：“不忘初心、善始善终真不容易。你和我，还有三千名员工，坚守在厂里仅仅为谋生吗?真是初心难得，始终难守啊！齐书记，人的追求有三个层面，初始是理想主义，为事业甘心肝脑涂地；人到中年，变得现实，淡化理想，追求眼前利益；人到晚年，贪图安逸生活，不求进取，朋友圈也发生变化。我们现在初心不改，是否真的是傻子?”

齐平听懂了他的话，鼓励他说：“你快要变哲学家了！”邵杰又说：“上海方面联系妥当了，只有一点，我们的机加设备还是二十世纪八九十年代的，仅靠员工技术不行，必须要装备更先进的机加设备。”

邵杰说罢，与齐平四目相对，两个人表情一致的严肃。

现实不容乐观，钱从哪儿筹措?发展从哪儿突破?齐平告诉他两个消息，又让邵杰吃惊不小。其一，市长徐文昌与小野先生洽谈，有意将红光厂闲置的厂房转让给“绿太阳”；其二，柳明通过姜丽楠获取了部分“7611”项目档案，已经引起省国安局的注意，责成市公安局国安科着手调查了。

邵杰吃了一惊，他早年参与“7611”项目研发，当时西方报纸披露了项目的军事意义，那只是猜测，对其细节、项目实施情况一无所知。项目下马三十多年后，外国人还念念不忘搜集情报，可见事件变得复杂化了。邵杰感慨地说：“和平年代求发展，我们的警惕性放松了，其实，国外敌对势力并没有忘记我们的过去，真是教训啊！齐书记，立即找姜丽楠了解情况，尽量减少损失与影响，再就是配合有关部门将事件调查清楚。同时，还要与姜丽楠谈，她如果不称职干脆撤掉！”

齐平与姜丽楠谈话时，语气很冷酷，全然没有平日的和颜悦色。他强调了保密重要性，还明确告诉她，要求她配合国安局，将事实真相交代清楚。姜丽楠当初给柳明提供“7611”项目复印件时，主要因为柳明说他要研究机床自动化课题，她根本没有想到此举的危险性；再就是两个人平时彼此感情挺好，成人之美是她的习惯。她没有想到事情会闹大，更没有想到“7611”项目会有这么大的影响，她真的吓坏了！一旦被国安局定性为间谍案，事情就大了。姜丽楠除了检讨，还连夜去邵杰家求情，托邵杰在上面做工作，把此事大事化小、小事化无。

杨莉梅搬出去住后，家里只有邵杰独居。家里来了自己的员工，他不好拒绝，只得好言相劝。其实，邵杰也没有想到，此事会造成这么大影响。亲人式的关怀，让姜丽楠感动得泪水横流，几乎想扑在他怀里，痛痛快快哭一场。

这时候，门锁突然扭动了一下，杨莉梅推门进来。

她见状后大怒，说：“我刚刚搬出去，你就勾搭野女人进来。”杨莉梅顾不得斯文，又哭又闹地与姜丽楠撕扯起来，根本不听邵杰的解释。姜丽楠趁着邵杰夫妇争吵之机脱身走开了。

杨莉梅气急败坏，她马上打电话让邵欣赶来，哭诉她的委屈。邵欣毕竟当法官出身，她听了事情经过，觉得嫂子误解了哥哥。邵杰的为人她是清楚的，便劝说道："嫂子，别这样，有话慢慢讲，传出去对谁都不好。"

"我有啥怕的，没情人又没养汉的。"杨莉梅神色凄凉，"哪里像那个小妖精，偷情找上门来了！哼，我说邵杰不肯离开那个破公司呢，原来有外鬼勾搭呀！"

"嫂子，你可别这么说，我哥不是那种人。"邵欣心里很不痛快。

"捉贼拿赃，抓奸拿双，就差没见他们脱裤子了！"杨莉梅高声叫嚷。

邵欣见此情景，只得劝杨莉梅去了自己家，她不相信哥哥是那种人，要与嫂子谈谈，别把事情闹大了，影响不好。

杨莉梅走后，邵杰心灰意懒，坐在沙发上喘粗气。半夜，邵杰的手机响了，他见是姜丽楠打来的电话，迟疑地接通了。里面传出了姜丽楠的抽泣声，她痛恨自责地说，"都怨我，是我害了你……"

第二十四章

全市基础设施建设开展得意外的顺利，徐文昌心里挺轻松，这是改善市里环境的重要步骤。但还有一件事让徐文昌很痛心，前两天曲孝忠被省监察部门带走了，而且有些事牵扯上了程志锐，等待他俩的恐怕是牢狱之灾了。毕竟自己是和曲孝忠搭班子，曲孝忠出现问题，徐文昌心里并不轻松。这天，他接待了省反贪局专案组的两位同志，他们来到松浦市找冯爱仪，要求把她带走。徐文昌不认得冯爱仪，只好委托市反贪局接待他们并协助寻找。

他还没有梳理出头绪，邵杰满脸阴云推门进来。徐文昌迟缓地扫了他一眼，想起他刚刚闹出来的家庭纠纷，不禁苦笑，说："你又有什么事找我？"

"你打算把红光厂闲置的厂房出让给'绿太阳'吗？"邵杰责问。

"市政建设资金缺口太大，从老厂子兼并可以获取部分资金。"徐文昌承认，不过他又补充说，"但仔细研究你的规划后，市政府有新打算。"

“市长大人，你考虑过企业员工的感受吗？红光厂还有大批技工等着上岗，我们看着他们到处打工，荒废了技术，不可惜吗？”邵杰不客气了。

“请你不要用这种口气对我说话！我知道，你与嫂子闹一场误会，心里不痛快。”徐文昌严肃的表情透出一丝亲情，他说，“家里事好办，你只要调进局里，杨莉梅就不会再闹情绪了。”

“这话太没意思了！”邵杰铁青着脸，“我已经与上海大型客机制造公司的总工程师联系上了，近日他们要来我厂考察，你说我能脱开身吗？”

徐文昌重新审视了他一会儿后，咕咚喝了一口绿茶，紧张的气氛终于放松下来了。他对邵杰保证：“你能明确制造方向，我就能负责解决资金！”

“闲置厂房呢？”邵杰紧追不放。

“市里决定，一切以有利于松浦电气的发展为主。”徐文昌表态。

两天后，在市政府二号小会议室里，举行了一场不寻常的项目招商会。会上，徐文昌把邵杰起草的《松浦电气有限公司发展规划》交给袁天易看，说中国从制造大国向制造强国转型，这是一次发展机遇。袁天易仔细看后，说：“项目真不错！我在北京有几个朋友，也可以进行项目合作。”

邵杰注意到他的话，说：“松浦电气技术力量是一流的，如果为这些大公司做配套基地，必将成为中国装备大型加工基地，吸引更多企业入驻。”徐文昌乐观地说：“好思路带动发展之路，天易，你想怎么办？”袁天易爽快地说：“徐市长的分析太正确了。企业家投资是为了创收，我投入三千万元的资金！”

徐文昌说："军中无戏言，你要想好！"

袁天易不满地说："我懂得诚信的道理，这钱我投定了！"

会议一直开到了晚上，签订了合作协议后才散会。邵杰很高兴，他转身刚走到门口，徐文昌又喊住他，"家里事儿不要惦念，邵欣刚来电话，老人住院了，她会处理妥当。不过，那个叫姜丽楠的小秘书必须撤换掉，她如有泄露国家机密行为必须查办！"

走出市政府，邵杰接到了齐平发来的短信，说邵欣找他，老父亲病情加重，正在市医院重症监护室抢救。邵杰脑瓜生疼，他工作量繁重，承受压力太大了，没人能替他分担负重，几乎快被压垮了，但现在老爹病重，再忙也得去看望。他匆忙赶往医院，走廊里弥漫着一股消毒水的味道，条椅上坐着病人，匆忙走过的护士神情凝重，似乎在与死神抢夺生命。

重症监护室门上，亮着警示灯，说明病人情况不妙。

邵欣和秋秋站在门口，向他示意，父亲正在重症监护室里抢救。杨莉梅坐在条椅上，见他走来，表情漠然，没有理睬他。

也许父亲气数未尽，他的心跳化作不紧不慢的电频声传出门外。生命实质是一个逐渐透支和消耗时间的过程，不知道父亲能否闯过这个关口？邵杰心头焦躁不安。秋秋低声垂泣，邵欣劝说道："老人的病，又不是你的过错，别伤心。"她取出纸巾替秋秋擦拭眼泪。

邵杰问清情况，透过窗口往里眺望，见老人处于昏迷状态，让他心头焦虑。

到了次日，邵杰又被公司电话传去了。进办公室还没坐下，齐平进屋告诉他，公司的一项技改项目国家科技部批下来了，批了几十万元扶持资金。邵杰沉吟问道："科技经费不宜再向专业人员提供奖励提成。”

“那能调动员工积极性吗?”齐平担忧地问。

“重新修订厂规，明确奖励方案，要透明，不要暗箱操作。”邵杰补充一句。

“还有一件事需要告诉你，姜丽楠向柳明提供的档案材料，小野还没来得及脱手，就被俞伯琴用办公用纸粉碎机处置掉了。”齐平说。

真的吗?邵杰没有想到，事情会出现转机。他心里一想又说，“姜丽楠这件事做得太过分，必须要处理她，先停职检查，再交国安部门处理。但要向国安部门说明情况。”两个人又商讨了其他事宜，邵杰才去了车间。

受到隔离反省处分，姜丽楠这才发觉情况很不妙，信仰缺失，精神必然“缺钙”，这是她走向堕落的必然。她在微信上把柳明骂了一顿，这些行为当然也被国安局监控掌握了。那边，柳明也如热锅蚂蚁，惶惶不安，他特意与小野密商对策。小野发现情况严重，弄不好自己得以国际间谍被论处。他对柳明说，必须封住俞伯琴的嘴，割断信息传播通道，否则将大家都牵扯上了。

“怎么能封住她的嘴?”对于柳明这个问题，小野拿出了十万元现金摆在他的面前。

柳明打算找一个亡命之徒来办这事。思前想后，他发觉顾俊喜最适合干这类事情，他是亡命之徒，认钱不认理儿，况且又是外地人，没有谁知道他的底细。柳明自以为想得周到，他在苏畔手机里找到了顾俊喜的电话号码，轻易约了他赴宴，几杯酒进肚，顾俊喜开始吹嘘，他曾经干过劫道、绑架和谋杀，这正是柳明所需要的。他把五万块现金拍在桌上，两个人秘密达成了协议，柳明说，杀掉俞伯琴最好，让她永远闭上嘴巴。

顾俊喜不想这么干，他不想摊上人命官司，只打算教训她，把她打伤致残，几个月下不了病床最好，然后他再去照顾，或许到时候俞伯琴能嫁给他呢。顾俊喜有自己的盘算，为此他高兴得手舞足蹈，完全没有考虑后果。

在桂普公司里，顾俊喜只是一个小人物，他还怕钱多扎手吗？夜晚，他成了夜游神，到俞伯琴可能出现的地方寻找她，伺机下手。接连三天过去了，柳明等不及了，一再在电话里用暗语催促他动手。没有酒精刺激时，顾俊喜头脑清醒许多，他想，杀人是重罪，千万不能杀人！杀人能不偿命吗？尽管柳明一再催促，而且还警告他言而无信的后果，但顾俊喜不怕他威胁。在松浦市他只是打工仔，实在混不下去随时可以溜走。想到俞伯琴那漂亮可爱的脸蛋，顾俊喜真不忍心下手。但拿人钱财，替人消灾，这可是“行业操守”，他不愿意破坏行规，又不想失掉俞伯琴。复杂的感情让他内心十分纠结。

那天，袁天易很高兴，把他的一帮小弟兄喊到一块儿，围着一张大圆桌吃晚饭。桌上菜肴丰富，白酒、啤酒、红酒尽情饮用。大家想着，公司肯定有喜事儿，否则袁天易也不会与弟兄们共饮。果然，酒过三巡，袁天易说，由市政府出面，要重组松浦电气有限公司，采取募股形式扩大经营，桂普公司计划投入三千万元，在董事会占三个名额，而且钱已经到位了。

江润生玩着酒杯，说：“松浦电气有限公司的经营形势挺好，还募股干吗？”袁天易说：“他们要更新设备，扩大机加规模，好与上海大飞机项目对接，为他们加工部件。我见上海来人了，看中了他们机加能力，才决定投资的。当然了，我也有几个汽车制造、飞机制造方面的路子，我看好这个项目了！”

“这叫不见兔子不撒鹰！”顾俊喜举杯大笑。

袁天易表情严肃地说：“我希望各位学一些有用的知识，以后好能到松浦电气工作。”顾俊喜没有注意他的讲话，他见手机来了一条微信，偷偷看后，暗想机会来了！

“皇家花园”附近，夜市、商场、游乐园皆有，夜晚灯火通明，呈现一片热闹的气氛。高大的梧桐树下，显露出这片高档住宅的与众不同：巍峨气派的楼房，花园一样的绿地，典雅的雕塑与环绕绿荫的栈桥，还有音乐喷泉，成为老百姓向往的好去处。这天傍晚，住在这个小区的俞伯琴，刚走过花木疏落的甬道，就被一名凶悍的男人拦住了。

天色朦胧，灯光也朦胧，俞伯琴还是看出了这是个 40 余岁的男人，用头巾捂住了脸，眼神露出凶相，前胸赤裸，露出一条张牙舞爪的青龙文身。

“你是谁？你想干啥啊？”俞伯琴声调颤抖地问。

“妹子，你别怕，哥跟你谈谈。”那人平静的语调充满威胁。

“我不认得你。”她想走开。

男人身材粗壮，拦住了她的去路。

俞伯琴高挑的身材，背着一只高档的鳄鱼皮手袋，白皙而秀美的脸上，立刻浮出惊慌神色，她说：“大哥，你要手机、首饰、皮包，我全给你！这里边还有三千多元钱，你都拿去吧，我不报警。”

男人不依不饶，他怪声怪气地说：“你把我当小孩子耍啊！我他妈的啥不知道？我盯你好多天啦！我他妈的打工一年到头，拿不回钱去，你住高楼、吃香喝辣的，啥活儿不用干，钱花不了，还不是那个日本人供你吗？我今天就是想要你的命！”

说罢，男人从怀里掏出一把匕首，闪烁寒光。

经他这番虚张声势的威胁，俞伯琴反而平静许多，她歪着头，微微一笑，露出洁白的牙齿，大且亮的眼睛充满妩媚与诱惑。她说：“大哥，我知道你是谁了，你就是我亲大哥，干吗总跟妹儿过不去啊？”

男人嚣张的气焰果然矮了许多。夜色里，他的眼睛极亮，陡然，男人吼道：“你他妈的别跟我套近乎！”他的匕首闪过一道寒光，径直朝俞伯琴柔软的身体刺去。俞伯琴惊叫一声，慌忙用手袋挡一下，男人的匕首把那件贵重的手袋划出一条口子，又刺伤了她的胸口，顿时流出了血，俞伯琴惊恐万状地大声喊“救命”！

她的喊叫声尖利、恐怖又绝望，引起了附近人的注意，有人朝这边跑来。男人见势不妙，挥起匕首连刺她两刀，慌忙夺路而逃。

有两个人跑到俞伯琴的身边，见她浑身血迹，慌忙要打“120”，喊救护车，又想拨通“110”报警。俞伯琴忙说，不要报警了，只是一次抢劫。俞伯琴拒绝报警，因为她觉得此事有些蹊跷，而且她认出歹徒是谁。他不劫色又不劫财，肯定有其他目的了。

俞伯琴进了自家房门，她心有余悸地想，没准是小野找来的人害她。此刻，伤口疼得钻心，她知道伤得不轻，得找一个人陪护，思前想后，她便给杨进全打了电话，请求他速来自己家，顺道带些消炎与止痛的药物。经过查看，她见刀伤很浅，只划破了皮儿，很快止住了血。处理这些后，她便盼望杨进全快些来。她有些后怕，怕有人再来找麻烦。相比之下，杨进全远比小野为人好，是个值得信赖的人。

杨进全不知道俞伯琴找他什么事情，但也得去看看。按照她的要求，他顺道买了很多药品，两个人住处又不远，很快赶到了她的家。进屋后，他头一个念头就是出事了！他见俞伯琴脸色苍白，又见她身上多处受伤，知道她遭遇了歹人。杨进全要送她去医院。俞伯琴说："不用麻烦了，只要你陪我就会好起来的。"杨进全说："你怎么不报警？"她苦笑摆手，说："那样牵连的人太多，伤又不重。"她的话很奇怪，杨进全想到小野与柳明，生气地斥责："你这么做是养虎遗患，我不知道你怎么想的。"

俞伯琴不语，她内心很纠结。

杨进全护理俞伯琴三天，她的伤口才慢慢痊愈了。

他最后一次看望俞伯琴时，取出了一小包糖，上面印有双红喜字，她明白了，眼巴巴地望着杨进全，心里透出悔意。好一会儿，杨进全才说，自己和刘淑梅订婚了，计划今年国庆节旅游度蜜月。听后，俞伯琴像掉进冰水里，浑身冰冷，她牙齿颤抖着说："好啊，我祝福你！"她剥掉糖纸，把糖块搁在嘴里，但她没有感到糖的甜蜜，只有一粒泪珠残留在面颊上。

自从被人劫了并挨了几刀，俞伯琴心情一直不好。她心知肚明，这个家伙是有目的而来，尽管歹徒没有得逞，俞伯琴的内心还是愤愤不平。她恨恨地想，无论如何也要找小野算账，他窃取国家机密，那是间谍罪！还有柳明助纣为虐更可恶，不能轻饶了他们！

她细细回想那天晚上的遭遇，觉得那个脸颊蒙着头巾的歹徒很是熟悉。突然，一个人浮现在她的心里，肯定是顾俊喜！顾俊喜沙哑的嗓音，如何伪装也改变不了。对，是他，错不了！

俞伯琴没有想到，她几天没上班，就接到由柳明签发的解聘通知，她被“绿太阳”解除劳动关系了。解聘她的理由十分荒唐，说她“擅离职守”，一个星期没上班，便属于自动解聘。俞伯琴甚感委屈，她向市劳动仲裁部门申诉，说她在“绿太阳”工作四年了，因为夜间被歹徒抢劫受伤，而且请假了，为什么会被解聘？劳动仲裁部门接受了她的申诉，说需要调查和调解，等一段时间才能答复。

不能让小野跑掉！这个念头一冒出来，俞伯琴感到事情的复杂。她走在街上，强烈的阳光晒得她大汗淋漓。摆在俞伯琴面前有两条出路：返回松浦电气重新就业，或另觅出路，远离机加行业。俞伯琴觉得还有一条出路，她抬起头，望了一眼在阳光照耀下的“绿太阳”办公大楼，她要彻底清算与小野之间的种种。

第二十五章

伤情还没有好转，俞伯琴便给小野打电话。她的目的明确，小野派人谋杀她，如果不打算私下和解，她就要报警了。可打了几次电话，小野的手机始终关机，联系不上。想躲我？你躲得了初一，躲不了十五！俞伯琴恨之入骨地咒骂小野。她又给办公室打了电话，才知道小野回日本述职去了。让他溜了！她愤怒地想了想，又给柳明挂电话，却始终也打不通，仿佛他们在人间蒸发了。究竟发生什么事了？她觉得不可思议，又与杨进全联系，才知道柳明因犯间谍罪，被省安全部门带走了。杨进全还告诉她："姜丽楠先前就被带走了，不知道能不能判刑，她这个人还是挺好的。"

"是真的吗？我觉得姜丽楠真不知道事情有那么严重。"俞伯琴这样说。

"只要有利益关系，她无法解脱责任。"杨进全认定。

让小野逃回了日本，俞伯琴心里还是很纠结，她自责太大意了，没有及早报案。几天后，陈一兵领了两个警察向她调查那天晚上被刺的情况。俞伯琴很奇怪，她并没有报警，为什么派出所知道了？陈一兵指着窗外监控说："全市推行天眼工程，'皇家花园'是高档住宅区，监控没死角，警方发现了凶手刺杀你的画面，特意向你询问当时的情况。"

俞伯琴心头酸涩，甚感委屈，她落下了眼泪，讲了那天晚上发生的案件经过。陈一兵做了笔录，并告诉她，凶手已经逮捕了。俞伯琴问："凶手是小野吗？"陈一兵说："他是雇凶杀人，那个要杀你的人叫顾俊喜，你认识吗？"

真的是他！俞伯琴头皮发麻，素来无仇无怨，竟动了杀机，可见钱可以买通一切。尽管此事已经平息，警察还是一遍又一遍地找她讯问。原来，陈一兵问的是她揭露小野获取"7611"项目档案的经过，认定她此举保护了国家机密，是见义勇为。她后来受伤，甚至被"绿太阳"莫名其妙解聘，都是因此事而受的伤害。陈一兵还告诉她，国家有关部门会替她伸张正义，要求"绿太阳"支付她解聘补偿金、受伤治疗费用、营养补贴、精神损失费等，共计 27 万 3 千元。

然后，陈一兵问她还有什么要求？他说，在这时候提出来，组织上会替她考虑。

俞伯琴此刻身心俱疲，她只想好好休息几天，梳理一下疲惫的心情。冷静想想，这些天变化太大了，小野抛弃企业出逃，"绿太阳"从此会一蹶不振。见市电视台接连报道红光厂股权扩充，引进一批科技前沿的技术与设备后，俞伯琴又产生了悔意，自己不该当初急于跳槽，落得这么个下场。值得欣慰的是，杨进全把她关于加强保密工作的建议，变成了提案，报送市政协，红光厂对此十分重视，认为这条意见提得好。邵杰专门抽出两名老党员，把历史上的档案重新归档整理，将属于机密级的档案移交给市档案局封存。

俞伯琴心情依旧不好，与杨进全微信私聊时说，这些年，受经济利益冲击，很多地方保密观念淡漠了，以后泄密的事件还会发生，真应当提高警惕性。

杨进全说，只要世上有间谍这种职务，泄密的事儿就还会发生。

杨进全突然又想起来，告诉她："松浦电气扩大股份后，加工能力扩大好几倍，正在为C919大型客机试制加工配件。公司计划再招两千名员工，你是成手，不如到我们车间工作。"俞伯琴苦笑，说："你看我还能干得动吗？你说了算数吗？""你聪明，能行！"杨进全鼓励她，然后告诉她，他现在负责机加车间的工作，邵总放权给他，由他负责招聘技术工人。他打算培养更多优秀的工匠！

俞伯琴听了他的这番话泪眼婆娑。见松浦电气办得越来越好，俞伯琴很是眼热，有心回归本厂，当一名清洁工也行。可是，她没有那份勇气，老员工见她又返回厂里，问起她，怎么回答？俞伯琴心里十分纠结。

回顾以前稀松平常的日子，那些嵌进脑海里的时光，像碎了一地的玻璃，不堪回首。她过得并不轻松，没有可以记住回味的经历，只能默默地当一个打工者，变成了适应各种场合的变色龙。可悲，可鄙，可怜！

此刻，电视台正播放市内新闻，头档新闻报道了松浦电气有限公司与桂普实业有限公司共同组建的松浦大型装备机加基地开工剪彩。徐文昌、邵杰、袁天易、齐平，个个佩红挂彩，脸上喜气洋洋。镜头摇向职工队伍，她看到杨进全、江润生等人。这些熟悉的人，以前都是默默无闻的，他们只管干活，露脸的机会等于零。现在，他们被推上了前台，意气风发。看来风气真的变了！

上帝关上一扇门，又会打开一扇窗，这就是命运。靠自己努力拼搏打开希望之窗，每一个人都格外珍惜。开工仪式隆重、热烈，充满生气。邵杰在讲话中，强调了管理资金，要为改善机加设备用好每一分钱。当电视画面升起很多气球、鸽子时，场面达到了高潮，众多员工举手高呼，簇拥剪彩的领导进入车间。

被整修一新的车间宽绰、明亮，一排排数控加工中心设备开始运转。杨进全正操纵一台最先进的机台，全神贯注地加工着一个多棱解的部件。电视台记者认出他，当场采访，问他："新的松浦大型装备机加基地隆重成立之际，你有什么感想？"

话筒送到嘴边，杨进全激动万分，他说："这是我们员工盼望的一天！我要带领徒弟们，熟练掌握技术，为加工尖端部件加油！"

小冯、张凤苏和小王等人凑到镜头前，大家齐声欢呼了起来！

徐文昌、邵杰和袁天易走进车间，参观新落成的大型机加车间。见到繁忙的加工场面，袁天易颇多感触，他突然想起什么，摸了好几遍衣兜和包包，眉头拧到一块儿。江润生走到他面前，问："袁总，你找什么？"

袁天易低声问："我那枚占卜的硬币呢？"

江润生反问："你随身带的东西，还会丢吗？"

"丢掉了！"袁天易环顾四周，感叹说："占卜不一定灵，奋斗才会有希望啊！"

邵杰走到他面前，问："你什么没了？"

袁天易苦笑着摇头，那枚占卜的硬币丢了，也是天意！他赞叹说："今天开工场面太壮观了。老邵，项目部计划开发哪几种新技术？"

"走，咱们去看看吧。"邵杰提议，便和徐文昌、袁天易走进办公大楼。

俞伯琴继续观看市电视台的现场新闻报道，眼睛溢出了泪花，她用纸巾揩拭了，又关闭了电视。刚想走出屋，手机响了。她看是陌生号码，迟疑着没有接听但手机一直响个不停，她终于接起电话："喂，哪位？"

"哈啰！是俞伯琴女士吗？我是福冈啊！"对方用不太熟练的汉语说。

俞伯琴怔住，忙问："福冈先生，您不是回日本了吗？"

福冈在电话里告诉她，奉总社的指令，他回到松浦来接替小野担任"绿太阳"的总裁。福冈说，他正在"绿太阳"的办公室里，想见俞伯琴。

"对不起，你们已经与我解除劳动合同了！"俞伯琴压抑不住内心的愤懑和厌烦，用不客气的口吻说，"福冈君，不是我不给您面子，更不是我不理解您。我想问，小野这家伙在哪儿？我们有笔账还没完呢！"

"俞伯琴女士，小野已经被总社解聘了，他目前在北海道居住。"福冈继续用诚恳的口吻说，"我在松浦期间，俞伯琴女士对'绿太阳'贡献很大，在业务上做了不少工作，是一个人才。现在，'绿太阳'经营上出现了暂时的困难，需要俞伯琴女士出面支持。过去对您的不公正处理，属于小野个人行为，我深表歉意。”

俞伯琴有一点感动，她眼眶发热，决定见福冈一面。

二十分钟后，俞伯琴坐在福冈面前，她发觉他双鬓花白，两只眼睛依旧很亮。福冈足足看了她三秒钟，然后说：“松浦电气有限公司扩大了加工能力，让我震惊，也给了我压力。从电视新闻上看，他们新引进的数控加工中心，是世界上最先进的，能够制造最精密、最大型、最先进的装备，对‘绿太阳’形成了挑战。俞伯琴女士，‘绿太阳’离不开您，希望您能马上回来上班，继续担任副总，主抓对外合作。您意下如何？”

福冈的神色带着祈求，俞伯琴心头有所动摇。她说：“让我再考虑一下吧。”

“不要再考虑了！‘绿太阳’需要您的智慧。”他强调一句。

俞伯琴知道自己需要解决生存问题，所以拿不准主意怎么答复他。她不想再屈膝于别人眼皮下，靠卖弄风情吃饭了，自强自立对女人来讲很重要。虽然俞伯琴脑子里像有只苍蝇转来转去，思维混乱，但她还是动了心。她心头空落落的，茫然地想，谁都想当老板，真能当老板的又有几个？

回到了家，她整理了自己的心情。她曾经相信会有人对她好，随着几场变故，才知道时间会验证一切。用眼睛观察，容易看走眼；用耳朵去听，往往易被谎话掩盖了事实。只有用时间、用心去感受，才能去伪存真。她回想与杨进全相处的往事，才知道错失掉他是多大的损失。闲居家中，她习惯看一眼微信朋友圈，发现张凤苏发了几张照片，是车间里崭新的设备和忙碌的员工。她看得出神，看来，人只有在大舞台，才能展示大抱负，获得大成就。她很后悔，与小野缠缠绵绵没有结果的过往，是她人生最大的败笔。小野不敢再回中国了，她的仇恨无处申冤，只有独自吞下这口苦涩。

俞伯琴干脆不去想那些乱糟糟的往事，躺在沙发上看电视，不知不觉睡着了。一阵电话铃声把她唤醒，她摸到电话，见是福冈打给她的。接通后，里面传出福冈蹩脚的汉语："俞伯琴女士，你忙什么呢？"

"福冈君，您有事吗？"她问。

"哈哈，想你了嘛。我们一群人正准备吃日本料理。大家都说，没有俞伯琴没意思，大家等你呢！"福冈说到这里，有意将话筒拿开，让俞伯琴听其他人的欢笑声。

"福冈君，对不起！还是让我静静吧。"她不等对方反应，马上挂断了电话。

国庆期间，按照放假规定，七天的长假让每个人都有机会放松心情。车间的年轻人成帮结伙地出去游玩，杨进全趁此机会与刘淑梅旅游结婚。似乎只有邵杰闲得无事，他整天泡在办公室，充当值班人员，偶尔和齐平通电话，沟通情况。齐平趁假期与妻子赴北京旅游，告诉邵杰说，过些日子，党的十九大就要召开了，现在进出北京安检明显严格多了。邵杰开玩笑说："你要当心，别被扣留在那里，我还要派人去接你！"齐平自信满满地说："我是中共党员，没干过亏心事。老邵，你还是想办法把老婆接回家吧！看你独自一个人生活多难。"

其实，国庆节期间出游有什么意思？到处人山人海，公路堵车，哪有在家里悠闲？邵杰很会排遣寂寞，他在松浦河边靠钓鱼打发时间，梳理心情。他一直不肯向杨莉梅低头，坚信自己选择的是正确的。党的十九大会议上，会给装备产业发展指出更清晰的发展道路。河水清亮，浪花拍岸，可以看见游动的鱼虾，却很难有鱼儿肯上钩。河面驶来一艘小船，逆水行船，上面有几位游客在开心嬉戏。摆渡的船夫奋力地摇橹，船身迟缓地迎浪而行。邵杰看望好久，似有所悟。他目送船只渐渐远去，依旧可以听到船里飘出的欢声笑语，心里浮出别样的思索。

午间，他走在回家的路上，这段路变得格外长。他没有开车而是步行，这样可以清心静想，思索怎样处理家庭矛盾。他也知道，杨莉梅个性强，是一个死要面子的女人，原先支持他在松浦电气有限公司担任一把手，是因为他能主管几千人，在社会上受人尊敬，挺有面子。现今，公务员待遇明显高于企业，以后退休工资差距更大，她对他这个总经理职务不再感兴趣了，便一再撺掇他辞职，回归公务员队伍。

按照常人眼光，杨莉梅的建议没有错。

当今世界性经济过热，制造业又是风险极大的领域，日本、德国、美国、俄罗斯等一些制造业的大型企业，受到经济风暴的影响，相继萎缩了，就连美国号称支柱产业的钢铁、汽车制造、房地产业也呈现下滑趋势。在东北老工业基地改造上，松浦电气有限公司只是一枚过河小卒，很容易在激烈的市场竞争中输掉这盘棋。经历几年的打拼，他力挽狂澜，业绩明显上升，还算幸运。企业从困境中挺直腰板走出来，项目做大了，更应当做强。杨莉梅一再劝他急流勇退，不要再恋战，最后会弄得头破血流。他根本不听她的忠告，反而打算从国内外招聘一流的专家、技师，培养更多像杨进全这样的技工骨干，把这座老厂子经营得更加出彩。

夫妻之间的价值观不同，必然会闹出这场风波。

邵杰也想说动杨莉梅支持和理解自己，但光有喜欢和爱是不够的，自己必须要懂她的心情，要知道她逞强背后的柔弱，让她从精神上支持自己。其实，想找一个完全理解自己抱负的爱人不容易，因为需要付出巨大的牺牲。快到家门口，想到屋里空荡荡的，他简直不想进去。他又想到，杨莉梅天性善良，结婚后对老父亲照顾得很周到。每次自己到父亲家，她都会陪同去，每次见到父亲，她都会给父亲带一些营养品，介绍一些养生经验，有时候还给父亲报名参加旅游团，让父亲在全国走个遍。

杨莉梅对家是体贴的，邵杰对她心存感激。他如果真的离婚会对老父亲打击很大，怎么样让患有重病的老父亲心里有准备，这是邵杰需要思考的。正当他徘徊在小区林荫道上，电话响起，是邵欣打来的，一种不祥阴云袭上邵杰心头。他忙接过电话，里面传出邵欣焦急的声音："哥哥，你在哪儿？快，你到咱爸家，有事儿！"

听邵欣语气，情况很紧急，他拦住了一辆出租车，急忙赶往父亲家。

推开门，他发现徐文昌、邵欣和杨莉梅都围在桌前，邵义德头戴寿星老桂冠也已就座。菜肴早就摆好，一个大蛋糕非常显眼地摆在桌子中间。邵杰这才想起今天是父亲的生日，他见妻子也到场，而且忙里忙外的，心里才踏实了。

徐文昌举杯提议，为老父亲祝福。邵义德颤抖着手举起盛有饮料的杯子，心里无限感慨，这或许是他最后一次过生日了，他很是珍惜这份快乐。

邵杰举起杯，他看了一眼徐文昌，很多话堵在心头，一时无语。杨莉梅站在他旁边，说了一句："公司扩大加工规模场面宏大，市报当头条刊发了！”邵杰补充说：“党的十九大召开在即，会出台一系列的利好政策的。”徐文昌也说：“党的十九大后不仅有更多好政策出台，还会对做强装备业有促进作用，就看我们怎样去抓住机遇了！”

“好，我提议，为党的十九大胜利召开，为中国走上制造业强国干杯！”邵杰突然找到了话题。

几个酒杯碰出清脆声响，预示了美好的希望。